오늘도, 전쪽 부끄럽게
한번 달라지고 있습니다.
방향은 모르겠지만 힘으로 그냥 산아왔으니
맛있는요기를 먹어야겠습니다.
고생한 당신도 부디
따뜻한 한끼를 마주하시기를.

오늘도 자람

오늘도 자람

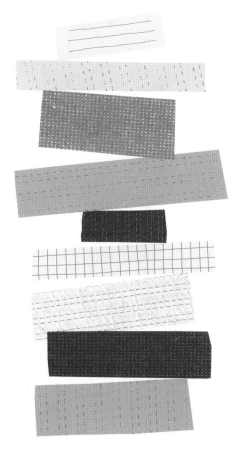

이자람 에세이

창비
Changbi Publishers

프롤로그

'''''''''

50을 기다린다.

어떤 기분으로 쉰살의 나를 맞게 될까?

스무살 시절, 사람들은 죄다 마흔이 되면 인생이 끝날 것처럼 말했고 나는 그것이 참 무서웠다.

과연 마흔은 대체 어떻게 내 인생을 끝낼 것인가 궁금하고 두려웠다.

어영부영 다다른 30대의 중반, 저 멀리서 천천히 다가오는 마흔살을 보이지 않는 척했다.

내 인생을 끝장낼 무서운 저승사자와 눈이 마주치면 절대 안 된다는 심정으로

마흔을 모르는 척, 보이지 않는 척하며 30대 후반을 보냈다.

슝,

하고 마흔살이 지나갔다.

의아했다.

내게 겁을 줬던 말들의 근원지가 어디일까 궁금했다.

마흔을 지나간 언니들이 입을 모아 말하듯 과연 마흔은 아무렇지 않게 다가왔고

모든 것이 참 좋고

조금 더 밝아진 눈으로

조금 더 자유로운 마음으로

화내야 할 것 앞에서 화내지 못하고 뒤늦게 쩔쩔매던 내가

내뱉고 싶은 말들을 그 자리에서 적시에 해낼 '짬바'가 생긴

사람이 되어가고 있었다.

이 책을 읽는 이들은

10대의 나와

20대의 나와

30대의 나와

지금의 나와

이후의 나들일 것이라 생각하며

책을 준비한다.

내가 읽었던 모든 책 속 문장이
삶의 순간순간 영향을 주며 내 말과 행동을 변화시키고
그렇게 점차 내 것이 되었던 것처럼
단 하나의 문장이라도 누군가에게는
쓸모 있는 순간이 있기를 바라며.

나는,
한국에서 예술교육을 받으며 자라
운 좋게 공연예술계에서
작품을 창작하며 그것으로 먹고살고 있는
40대 여성 예술가다.

차례

1부

2021년 8월 4일 할 일

AM 10:30~11:00　기상, 잠 깨기, 로키 밥 주기

AM 11:00~12:00　음악 감상(49~51번), 국악사(3~4번)

PM 12:00~2:00　로키 산책, 밥 먹기, 커피 마시기

PM 2:00~3:30　글 수정

PM 3:30~4:00　휴식

PM 4:00~5:00　소리 연습(「수궁가」)

PM 5:00~5:30　휴식, 간식 먹기, 빨래 돌리기

PM 5:30~6:30　로키 산책, 휴식

PM 6:30~7:30　낮에 못한 일 마저 하기

PM 7:30~8:30　운동

PM 8:30~　휴식, 밥 먹기, 로키 밥 주기,
　　　　　로키 밤 산책

How do you train yourself?
'''||||||'''

　나는 특별히 부지런한 사람이 아니었다. 남다르게 음식을 가려 먹거나 몸을 챙기는 스타일도 아니었다. 과거형으로 말하는 이유는 최근에 "진짜 부지런하다…"라는 말을 종종 듣기 때문이다. 하지만 사실 지금도 누군가가 내게 "너는 루틴이 정확하며 자기관리를 잘하는 사람이냐?"라고 질문하면 "글쎄요, 종종? 아닌가, 가끔?" 정도의 대답이 나올 것이다. 영화나 드라마에 나오는 자기관리 끝판왕들은 빈틈이 하나도 없지 않은가. 그럴 수는 없다.

　나는 상당히 허술한 사람이다. 심지어 삶의 중요도 목록 맨 위에 마음이라는 것을 두고 있는 사람이다. 마음에 따라 어떤 날은 루틴 따위 다 반려견인 로키한테 주는 날도 많다. 헌데 이러한 내가 자기관리에 관한 질문을 자주 받는다. 평소에 무슨 운동을 하는지, 식단은 어떻게 관리하는지, 특별히 챙겨 먹는 건강식은 없는지 등등.

그렇다. 나는 몸 관리를 어떻게 하는지 궁금하게 만들고, 내 공연을 본 관객으로 하여금 내게 보양식을 사주고 싶어하게 만드는 공연자다.

시작은 2007년 나의 첫 창작 판소리 「사천가」였다. 그다음 작품인 「억척가」(2011)까지 크레센도처럼 기세를 넓혀갔다. 4년의 터울을 두고 이 두 공연을 만든 후 5년 동안 전세계를 누비며 공연했다. 그때가 나의 리즈 시절이냐고? 아니, 그건 아니다. 나는 항상 지금의 내가 최상의 상태라고 생각한다. 그러나 타인의 시선으로는 그때가 나의 리즈 시절이 맞을지도 모른다. 공연이 끝나면 어김없이 전원 기립박수가 터져나오고 리셉션에서는 각종 찬사와 관심과 사랑이 쏟아졌다. 어썸awesome, 트레비앙très bien, 그레이트great, 패뷸러스fabulous, 어도러블adorable, 언빌리버블unbelievable 같은 말들이 사탕처럼 쏟아졌고 나는 그것들을 실컷 받아먹은 다음 내 방으로 기듯이 들어가 쓰러졌다.

해외에서 전통 판소리 완창을 했을 때도 비슷한 반응을 받았지만 베르톨트 브레히트의 「사천의 선인」을 판소리로 만든 「사천가」, 그리고 「억척어멈과 그 자식들」을 각색한 「억척가」에 쏟아진 관심은 확연히 달랐다. 그들은 자신들이 주인이어야 할 연극을 동양의 쪼끄만 여자애가 쥐

락퍄락하는 것이 믿기지 않는지 연신 질문을 퍼부으며 나를 샅샅이 훑어보았다(심지어 옷 브랜드를 물어보는 사람도 있었다). 그들에게는 마치 파스타처럼 익숙하고 친밀한 브레히트인데, 이걸 김치처럼 버무려 맛을 내버린 이 낯선 동양의 전통예술 장르와 창작자에게 도대체 어디만큼의 찬사를 던져야 하는지 주저하기도 했다. 저 판소리라는 장르 대체 뭐야? 뭐기에 브레히트를 저렇게 해버리는 거지? 어째서 혼자서 그 수많은 인물과 서사를 다 표현해낼 수 있는 거지? 왜 그게 잘 들어맞는 거지? 그들은 여과 없이 질문을 해댔다. 자신들이 본 것을 믿을 수 없다는 듯이.

리옹 빌뢰르반에 있는 프랑스 국립민중극장TNP의 극장장 루이 주르당은 자신이 아끼던 두꺼운 브레히트 관련 서적에 긴 편지를 써서 주었다. 상파울루의 극장 프로듀서인 퍼트리샤는 공연 직후 무대 위로 뛰어올라 길게 엎드리더니 내 구두에 입을 맞추었다. 시카고에서는 「사천가」 공연 중에 한 여인이 갑자기 벌떡 일어나 울면서 브라보를 외쳤다. 리옹에서도 아비뇽에서도 공연 중 벌떡 일어나 브라보를 외치는 관객 덕분에 공연이 기분 좋게 멈추었다가 진행되는 일이 종종 있었다. 파리와 클루지나포카에서는 각국의 배우와 성악가 들을 주축으로 한 워크숍을 진행하기도 했다. 그들은 끊임없이 궁금해하고 모든 것을 다 알고 싶어했다. 전통 판소리부터 창작 판소리까지, 판소리 공연의 원리부터 소리꾼의 몸 관리 비법까지 두루두루 말이다.

이 화려한 기간 동안 내 몸은 서서히 변했다. 내 기술과 재능이 눈을 뜬 첫번째 닦음이 스승님들과 보낸 도제 교육의 시간이었다면, 그것이 나만의 '에네르기파'로 성장하는 두번째 닦음은 수백번의 무대 경험이다. 무대 위에서 다양한 위기 상황들을 직면하고 이겨내면서 몇가지 기술의 발견과 성장을 이루었다. 긴 시간 홀로 수백명의 관객을 끌어가기 위해 에너지를 분배하며 조절하는 법을 익혔고, 무대 위에서 아무리 강력한 드라마를 펼치고 있어도 한 인간으로서 체력의 한계점을 감각하는 법을 배웠고, 다양한 대규모 극장을 경험하며 성량이 점점 커졌다. 약했던 낮은음들은 튼튼해지고 높기만 했던 높은음들은 두꺼워졌으며 단어를 해석하고 표현해내는 사유와 사운드의 레이어는 조금씩 촘촘해져갔다. 언어의 장벽을 넘어서기 위한 본능적인 무대 위의 사투는 나를 더욱 '표현하는 배우의 몸'으로 강하게 훈련시키며 키워갔다.

그 과정에서 나는 오른쪽 청력을 많이 잃었고 이제는 요가 없이 살 수 없는 목과 허리 상태를, 그리고 무엇보다 예민한 성격을 얻었다. 원래 예민했는데 오랜 마모 끝에 이제는 사회적 가면을 쓸 힘이 달려서 벗어던진 건지 아니면 몇번의 위기 상황에 직면하면서 점점 예민하게 변한 건지는 몰라도 표면적으로 친절하고 털털했던 이자람은 조금씩 표면이든 내면이든 까다롭고 어려운 사람이 되어가고 있었다.

「억척가」(2011년 초연, 2015년 마지막 공연 후 공연 중단)와 「노인과 바다」(2019년 초연, 2022년 현재까지 전국 투어 중) 사이에 생긴 수많은 변화와 깨달음은 앞으로 나올 이야기 틈새로 계속 삐져나올 것이다. 그러니 이 챕터에서는 시간을 훌쩍 건너뛰어 지금, 2021년으로 와보자.

*

까다롭고 어려운 사람이 얼마나 별로인지 이야기해주겠다. 최근의 어느 날 함께 사는 동거인과 기분 좋게 와인을 먹으며 드라마를 보고 있었다. 평소와 다를 바 없이 지나간 하루의 끄트머리에서 와인을 따는 여유까지 부리는 아주 좋은 밤이었단 말이다. 헌데 내가 시계를 보다가 문득 신들린 무당 표정 변하듯 별안간 불같이 화를 내고 말았다. 미쳤어? 5일 후에 「노인과 바다」 공연이야. 그걸 앞

두고 이렇게 한가하게 새벽 한시에 와인을 따? 안 그랬었 잖아. 「억척가」 하던 시절 생각 안 나? 공연 전 주간에는 다른 이야기는 읽지도 보지도 않고 대본과 연습과 몸 관리만 해도 모자랐던 그 시절 다 까먹었어? 이게 누구 때문이지? 아니 옆에 있는 동거인은 왜 이런 나를 말리지도 않아? 아, 내 인생을 도울 이는 역시 세상에 없지? 그렇지? 불현듯 턱을 치고 올라와 엄격함만 앞세우는 나의 자아는 그렇게 나쁜 아니라 내 옆에 있는 생명들까지 싸잡아 삿대질을 해대었다. 나는 그날 밤 세상에서 제일 못난 표정을 하고 아주 불쾌한 마음으로 이불을 덮었다.

못났지. 맞다. 참 못났다.

미련한 나는 또 까먹었던 것이다. 「억척가」를 멈추고 삶을 돌이키던 3년의 시간 동안 수없이 했던 되새김질이 아직 횟수가 모자란 것이다. 과거도, 약간 앞선 미래도 아닌 현재에 딱 서서 지금 당장 하고 싶은 것들을 하며 기분 좋게 살자고 수없이 되뇌었건만 정작 실천이 안 되는 것이다. 마음을 내 삶의 일순위로 올려놓고서는 자꾸 다른 것이 일등 자리를 치고 들어오려는 순간을 막지 못하는 것이다. 「사천가」와 「억척가」를 하며 난리블루스를 추던 그 시절처럼 일과 실력과 능력과 결과가 내 멱살을 잡고 뒤흔들게 내버려둔 것이다. 마음을 위해 그 모든 것을 그렇게 지독히도 어렵사리 다 때려치우고도, 현재의 내가 열심히 빚은 소중한 공연들 앞에서 옛 버릇이 튀어나와 괴로운 것이다.

*

　내 옆에 누워 있는 강아지를 보며 생각한다. 저 이처럼 잠이 오면 자고, 눈앞의 나를 사랑하고, 맛있는 것을 먹고, 집 밖을 나가면 기쁘게 배설하며, 그렇게 사는 것을 하자. 응? 눈앞에 주어지는 시간을 그냥 온몸으로 맞는 거다. 다가오지 않은 시간 때문에 조급해져 스스로를 할퀴고 옆에 있는 이마저 그 손톱에 상처가 나게 하다니, 그만큼 못난 일은 없다. 응?
　자기관리를 어떻게 하느냐고 묻는 이들에게 이제는 이렇게 답한다. 잘 먹고 잘 자고 잘 싸시라고. 이 세 가지가 잘 굴러가는 삶이라면 못해낼 것이 없으므로 이것만 잘 지켜내면 삶의 기본이 튼튼한 거라고 말이다. 몸은 마음의 바로미터. 몸은 세상 그 어떤 명예나 돈보다도 중요한데, 그 몸을 가장 크게 관장하는 것이 마음이니 결국 마음을 잘 다스리며 사는 사람이 진정한 삶의 주인이다.
　내 삶에서 공연이나 작업을 빼면 그건 된장 없는 된장

찌개와 마찬가지다. 「사천가」와 「억척가」로 세계를 누비던 시절에는 그놈들과 실력과 능력을 겨루느라 힘겨웠다면 지금은 나의 작품들 앞에서 얼마나 마음을 비우고 힘을 뺄 수 있는지를 겨루느라 힘을 쓴다. 나는 앞으로도 평생을 쏟아온 나의 소중한 작업들과 멱살을 잡고 네가 이기느냐 마음이 이기느냐 싸울 것이다. 때로는 일에게 자리를 내주느라 강퍅함 속에 몸을 담그겠지만 정신 바짝 차리고 돌아와야지. 늘 그렇게 호되게 삶이 내리치는 죽비로 정수리를 얻어맞으며 정신 차리는 수밖에 없다.

나의 팅커벨

||||||||

 늘 '기분'을 살핀다.

 어려워하며 눈치 보는 것이 아니다. 문장 그대로 살면서 늘 나의 기분을 열심히 살핀다. 그러다보면 나를 더 잘 알게 된다. 기분은 즉각적으로 내게 신호를 보내는 마음 기관이다. 사소한 것에도 어김없이 자신의 상태를 내게 전달한다. 기분은 이유 없이 변화하지 않는다. 만약 갑자기 기분에 그늘이 진 듯하면 방금 지나온 시간 속에 무언가 켕기는 게 있다는 뜻이다.

 기분을 말 없는 팅커벨이라 생각하면 이해가 쉬울 것이다. 이 팅커벨은 세상을 인간처럼 구체적으로 보지 않는다. 예를 들어, 내 눈이 분홍빛 노을을 바라볼 때 이 친구는 먼 우주로부터 날아온 분홍색의 아름다움 그 자체를 본다. 시각 정보를 사유하거나 판단하지 않고 그저 온몸으로 눈에 비치는 세계를 맞이하는 존재다.

이 본능적인 친구는 항상 내 머리 옆에 바싹 붙어서 한시도 사라지지 않는다. 내 옆에 딱 붙어 다니며 정직하고 명확하게 기쁨과 설렘, 슬픔과 분노, 고마움과 놀라움, 당황과 황당 등 모든 감정을 표현한다. 팅커벨이 느끼는 순간순간의 감정들은 내 과거의 경험을 딛고 서 있다. 과거에 어떤 아픔의 시간에 갔던 장소나 맡았던 냄새를 다시 마주치면 녀석은 벌써 가슴을 움켜쥐고 바르르 떨고 있다. 뒤늦게 내 팅커벨에게 왜 문제가 생겼을까 생각하다 보면 녀석을 움직인 그 과거의 시간을 발견하곤 한다.

말을 하지 않기에 팅커벨이 지금 어떤지 알아차리기가 쉽지는 않다. 내게 바로바로 말을 해주면 좋으련만 주로 뒤늦게야, 그것도 내가 스스로 알아차려야 한다. 늘 살짝 늦게서야 '어라, 이 녀석이 그 사람과 대화를 나누는 동안 고개를 푹 숙이고 있었구나' '어머나, 이 녀석이 그 사람들과 함께 있을 때 기뻐서 어깨를 둠칫거리고 있었구나'를 발견한다. 언제 알아채느냐는 내 몫이다.

누군가의 기분을 헤아리는 일은 참으로 중요하다. 모두의 기분은 이 험난한 세상에 예민하게 온 세포를 내어놓은 팅커벨들이라 서로 기분의 온도를 맞추며 조심해야 한다. 지인이 "나 지금 기분이 좋지 않아"라고 말하면 그 말이 '나한테 와줄래'인지 '아무것도 묻지 말고 밥이나 사줘'인지 '나 혼자 내버려둬'인지 사려 깊게 살펴야 한다. 사랑하는 이의 팅커벨이 쓰러져 있을 때 사실 내가 할 수 있는 것은 별로 없다. 그저 곁에서 가만히 바라보며 회복하기를 응원하는 수밖에는 정말 도리가 없다.

*

같은 주제면서 다른 이야기를 해보자. 멀쩡하게 잘 살다가 난데없이 누가 팅커벨을 엎어치기라도 한 듯 기분이 주저앉을 때가 있다. 이 정도의 낙차는 예상치 못하게 과거를 후벼 파는 정보를 맞닥뜨렸을 때라거나 비보를 들었을 때, 혹은 연애를 시작할 때 찾아오는 것인데 아무리 살피고 살펴도 모르겠고 이유를 찾을 수 없으면 '큰일이다, 드디어 내가 고장이 났나보다' 하는 것이다.

몇년 전 공연과 공연 사이의 일상 속에서 그런 날이 찾아왔다. 드디어 올 것이 왔다, 어쩌지 얼른 병원을 찾아가서 약을 처방받아야 할까, 상담 치료를 시작할까, 하다가 한가지 깨달음을 얻었다. 이것은 그냥 존재의 대가였다.

일상은 지루함과 고독함과 외로움과 소외 사이에 안배된 생활의 영위를 위한 노동이다. 열심히 빨래하고 설거지

하며 일상을 유지하다가도 어느 날은 그게 미치도록 공허한 것이다. 다 필요 없고 모든 것이 무의미하고 아무것도 원하지 못하는 상태가 되는 것이다. 아무리 원인을 찾아도 모르겠을 때는 정말 난감하다. 더욱더 침잠하게 된다.

그런데 말이다… 그래서? 그러면 뭐 큰일 나나? 내게 이유 없이 그런 기분이 찾아온다고 세상이 — 그 즉시에는 무너지는 것 같지만 — 바로 멸망하진 않더라. 차라리 싹 다 멸망해도 좋겠다 싶은 기분이지만 이건 내가 지금 이 사회의 일원으로 살고 있기 때문에 어쩔 수 없이 겪어야 하는 사회적 질병이라는 결론을 내렸다. 현존하기 때문에 겪어야만 하는, 더러운 기분.

다른 이들은 이런 순간을 어떻게 버티는지 늘 궁금하다. 마치 지하철 5호선 열차가 영등포구청역과 공덕역 사이를 지날 때 어김없이 맞닥뜨리는 굉음 구간이 지나가길 기다리듯이 팅커벨이 일어날 때까지 잠자코 버텨야 하는 이 나쁜 기분의 구간. 이 구간에서 다들 뭘 하는지 말이다.

나는 좋아하는 음악가의 앨범을 틀어놓고 그가 만드는 표면의 이면 어딘가에서 방황하고 있을 그를 떠올린다. 나를 응원해주는 그 역시 내 작업들의 표면의 이면 어딘가의 나를 응원하겠지. 우리는 그렇게 서로 끄덕이며 계속 삶을 걸어간다.

연습

‖‖‖‖

혼자 먹을 밥상은 조금 더 신경 써서 열심히 차린다. 그렇게 대단한 상차림은 아니지만 김을 까서 좋아하는 접시에 담는다거나 냉장고에 남은 야채나 나물을 씻거나 데쳐 접시에 담고 제일 좋아하는 밥그릇에다가 밥을 담는 정성을 들인다. 몇가지 찬을 이것저것 입에 넣으면서는 어느새 커피를 내려 먹을 생각을 하며 좋아한다. 커피만 마실까 과자를 같이 먹을까 머릿속이 바쁘다. 열심히 내린 커피 앞에서 눈앞의 과자 봉지를 소중히 여는 그 시점부터 사실 마음 저 안쪽에서 마주 보고 버티는 것이 있는데 그건 바로 연습을 하러 저 옷방으로 언제 들어갈 것인가, 아니 오늘 들어가기는 할 것인가,이다.

나에게 어떻게 연습을 하느냐고 묻는 사람들이 많다. 언젠가 친구의 부탁으로 모 대학 국악·성악 전공자들에게

강의를 하러 갔을 때였다. 판소리 전공자 친구가 질문을 던졌다. "연습을 어떻게 해야 잘하는 걸까요?" 나는 그가 수업 내내 손에 쥐고 있던 핸드폰을 바라보며 대답해주었다. "연습실에 들어갈 때는 핸드폰을 끄고 가세요." 뭐, 핸드폰이 연습에 얼마나 쓸데없는지 알기에 자신 있게 말했지만 사실은 나도 매일같이 방으로 들어갈 용기를 내기 위해 나 자신과 씨름을 한다.

고백하자면, 연습은 기본적으로 좀 쓸쓸하다. 그래서 연습을 하기 직전의 몸은 괜히 다른 일거리를 찾아 능청을 떤다. 난데없이 그간 소홀히 했던 업무를 들춰보기도 하고, 어디 전화할 친구 없나 핸드폰을 만지작거리기도 하고, 한참 전에 다 마른 빨래를 개키기도 하며 연습의 시선을 외면한다. 그렇게 스스로 그 시간을 조금 봐주다가 이제 더 늦어지면 안 되겠다, 싶을 때 벌떡 일어나 모든 창문을 꼭꼭 닫기 시작한다. 그리고 그날 연습하고 싶은 대목을 골라 책을 펴고 방으로 들어간다.

옷방에 들어가면 귀마개를 낀다. 30년 동안 갈고닦은 내 성대 볼륨이 꽤나 커서 그로부터 나의 귀를 보호하기 위해서다. 귀를 막고 단가短歌를 낮은음으로 부르기 시작한다. 단가는 약 8분 정도의 판소리로, 옛날에는 판소리 공연 전에 단가를 한곡 부른 다음 그날의 공연 대목을 불렀다고 한다. 공연에서는 관객의 공기나 반응을 살피는 시간이 되고, 연습에서는 오늘 나의 다리 힘이며 목 근육의 상태와 기분을 체크하는 시간이 된다. 단가 한곡이 끝나면 바로 본 연습으로 들어간다. 지난 3년 동안은 판소리 다섯 바탕 중 동초제「수궁가」를 연습 중이다. 무슨 일이 있어도 빼먹지 않는, 한시간에서 두시간 정도가 소요되는 소리 연습은 30년간 반복해온 나의 일과다.

매일의 연습은 곁에서 보기에는 서거나 앉아서 소리를 지르는 행위로만 보이겠지만 속에서 정말 많은 일이 벌어진다. 연습이란 목의 근육과 판소리 테크닉을 훈련하는 것일 뿐 아니라 생각과 마음을 키우는 일이다. 이게 무슨 이야기냐고? 판소리라는 장르를 한두 문장으로 간단히 설명하기 어렵듯이 연습 역시 단순하게 설명하긴 어렵다. 따분할지 모르지만 내 삶을 만든 팔할이 연습이라고 해도 과언이 아니니 한번 열심히 이야기해보고 싶다.

*

연습의 효과는 연습 시간 동안 나를 끊임없이 관찰하고 발견할 때 얻어진다. 현재 내가 할 수 있는 기술과 신체 컨디션, 특정한 부분에 재미를 느끼는 나의 흥미, 어떤 방향으로 성장하고 싶은 나의 욕망 등을 발견하게 되는 순간이 주로 연습 시간 안에 왕왕 발생한다. 그런 순간들을 만나려면 적어도 한시간 이상 다른 잡념이 들어올 여지는 차단해두고 내 몸과 정신을 좀 지루하게 연습 속으로 던져야 한다. 그렇게 쓸쓸함 속에서 홀로 지루함을 견디다 보면, 그때부터 나 이외에는 아무도 모르는 아주 사소하고 작은 사건들이 끊임없이 벌어진다.

이러한 반복과 발견 속에서 얻어지는 기술 향상과 신체 훈련은 연습이 다져주는 내 판소리의 주춧돌이다. 이 능력으로부터 시작할 수 있는 태도나 철학, 창작과 실험이 바로 주춧돌 위에 뿌리내리는 나무들이다. 연습은 주춧돌을 만들기 위해서, 그리고 나무들을 뿌리내리고 자라게 하기 위해서 하는 것이다. 좋은 기술이 생겼다면 거기가 연습의 끝이 아니라 긴 여정의 한 출발 지점인 셈이다.

이를테면 연습을 반복하다보면 나의 강점과 약점을 발견한다. 그것들이 발견되면 약점을 보완하기 위한 연습 방법을 찾는다. 가령 나는 하청(낮은 소리. 판소리에서는 낮은음을 하청, 높은음을 상청이라고 한다)이 단단하지 못한 성대라서 1년간 아침에 잠에서 깨자마자 눈도 채 뜨지 않은 상태로 "음 — 아 —" 해가며 낮은음을 한참 내는 시간을 가졌었다. 그렇게 밤새 모인 입 냄새를 아침마다 견디며 하청에 집착한 지 1년 후, 나는 꽤 그럴듯한 하청을 낼 수 있게 되었다.

하지만 매일 전진하는 것은 아니다. 어떤 날은 연습을 하고 있는데 헛헛하고 바쁜 마음이 든다. 이후에 딱히 일정도 없는데 자꾸 마음이 급해져서 아직도 멀었나, 생각하며 소리하는 날은 역시나 재미없고 집중도 되지 않는다. 이유 없이 산란한 마음이 과거로 미래로 바삐 왔다 갔다 하며 현재를 방해한다. 이런 날은 마음의 힘이 참 달린다. 겨우겨우 연습을 지탱하기는 해도 영 헛도는 느낌이다. 몸도 마음도 붕 뜬 듯 어쩔 줄을 모르겠다. 이럴 땐 그저 배와 목 근육을 움직이는 것만 목표 삼아 분량을 후딱 채우고 끝낸다.

어떤 날은 엔진오일을 새로 간 듯 연습에 탄력이 붙는다. 아주 재미있고 귀한 날이다. 이런 날은 옷방의 옷들도 인격을 갖는다. 이 옷은 몇 미터 앞의 관객, 이 옷은 몇 미터 밖의 관객, 이 옷은 소리를 좀 아는 관객, 이 옷은 판소리를 처음 보는 관객이 되어 그 옷들 앞에서 최선을 다해 이야기를 하고 기술의 완성도에 더 예민하게 힘을 쓴다. 옷방이 갑자기 3D처럼 변하는 기분이 든다. 단전에서 올라오는 힘과 그것을 받쳐주는 목의 근육도 튼튼한 듯하다. 소리도 제법 그럴듯하게 느껴져서 연습이 맛있다. 신이 난다. 늘 이렇다면 얼마나 좋을까.

어떤 날은 유난히 기술에 집착하게 된다. 쉬이 넘어가던 것들 앞에서 자꾸 브레이크가 걸린다. 파란색 한줄인 줄 알았던 부분이 사실은 분홍색 세줄을 띠는 듯한 곳도 있고, 노란색인 줄만 알았던 부분이 초록색과 연두색을 찬란하게 띠는 곳도 있다. 이런 날은 단어나 문장들에 붙어 있는 음의 조합이 평소와 다르게 해석되면서 그간 해오던 것들과는 좀 다른 것을 발견한다. 마치 새로운 훈련을 시작하는 기분이다. 보통은 스승님들의 소리를 다시금 들었을 때 겪게 되는 시간이다. 이 시간엔 훈련이 한층 밀도 있어지는데 자주 오는 감각은 아니기에 더욱 귀하다. 끊임없이 발견하는 연습, 나를 조금 더 성장시키는 연습이다.

어떤 날은 연습을 사용하기도 한다(연습에게는 비밀이다). 이를테면 화가 나서 무엇을 해야 할지 모를 때, 마음이 어지러워 세상이 너무 무거울 때, 내 힘으로 되지 않는 것 앞에서 무력할 때, 나는 연습으로 도망을 친다. 그럴 땐 가장 어려운 대목이나 힘이 많이 필요한 대목을 골라 고함 대신 연습을 한다. 연습을 하다 말고 목 놓아 울기도 하고, 연습을 하다가 갑자기 툭, 호흡이 끊어지며 고개를 푹 떨구기도 하는 이 연습은, 그래도 나를 추스르고 정리하는 시간을 주는 고마운 연습이다.

이야기와 문장들이 나를 사로잡는 연습도 있다. 그렇게나 오래도록 입으로 발화한 이야기인데도 새삼스레 인물의 행동에 화가 나거나 납득이 안 가는 날이 있고 상황이 정말 어려웠겠구나 하고 생각하는 날도 있다. 그럴 때는 그동안과 전혀 다른 기분으로 이야기를 대하게 된다. 이 또한 귀중한 연습이다. 해석의 스펙트럼이 내 의도와 상관없이 넓어져, 내가 마치 이 이야기를 처음 듣고 소리 내는 사람이 된 기분이 든다. 그러면 이것을 기억해둔다. 언젠가 관객에게 이 기분을 전해주고 싶기 때문이다.

매일의 연습은 다르고, 그 다름이 축적되어 내가 된다. 매일의 연습은 결국 나의 소리를 좀더 낫게 만들고, 그 향상을 위해 연습하는 것이지만, 연습의 가장 중요한 효과는 바로 이것이다. 무대에서 내가 '쫄지 않게', 진땀 흘리지 않게 하는 것.

*

얼마 전 지인들의 신작을 보고 왔다. 홀로 무대 위에서 네시간에 걸쳐 한권의 소설을 발화하는 형식의 공연이었다. 공연 연출에게 "준비 과정이 자람과의 판소리 창작 과정과 흡사하다"는 이야기를 몇번 들었던 터라 큰 기대와 궁금함을 안고 공연을 보았다.

그리고 나는 무대 위의 그를 보며 그가 보냈을 치열한 시간도 함께 보았다. 몇번이고 입으로 말해봤을 테지. 이야기로 집중해 들어가기 어려운 날에는 음절과 혀와 입술의 움직임만이라도 연습했겠지. 그냥 무작정 글을 읽기 시작한 날이 절반은 넘을 거야. 그렇게 그 글 속으로 들어가는 노력을 수백번 했을 거야. 이 장면에서는 이렇게 움직이자, 같은 약속들이 생긴 구간에서는 그 움직임 위에서 또 더 자유롭게 어딘가로 가보았겠지. 저 긴 이야기를 끊임없이 반복 연습하려면 얼마나 몸과 정신이 피곤했을까. 이야기 속으로 얼마나 재미있게 들어가보았을까. 저 인물을 새롭게 이해하는 순간이 몇번이었을까. 지금 무대 위의 바로 저 순간은 몇번째로 이야기와 인물을 새로이 발견하는 중인 걸까.

허, 방금 내 앞의 관객이 졸다가 핸드폰을 바닥에 떨어뜨렸다. 조용하고 긴장감이 도는 이 장내에 갑작스럽게 돌 하나가 떨어진 듯한 지금 이 상황에서도 저렇게 꿈쩍않고 밀도를 흐트러뜨리지 않기 위해 얼마나 많은 반복 연습을 했을까. 경이로웠고 아름다웠고 한편으로는 괜히 반갑기도 했다. 저렇게 멋진 일을 하는 이를 내가 반가워

해도 되나 송구한 마음도 들면서. 하아, 지금 저렇게 자신과 싸우느라 애를 쓰는 와중에 코앞에서 누군가가 꾸벅꾸벅 졸고 있는 걸 발견하면 얼마나 마음속에 진땀이 날까.

나는 이 마음속의 진땀이 참 힘이 든다. 무대 위에서 내 마음에 끈적끈적한 진땀이 날 때 나는 과거 연습량에 감사하기도 하고 혹은 미처 완성하지 못한 마음의 준비에 대해 후회하거나 자책하기도 한다. 이런 것은 보통 1초 안에 벌어지는 무대 위 마음속 사건이다. 주로 바깥의 자극으로 발생하지만 내 준비량과 종류에 따라 나는 아무 영향을 받지 않기도 하고 혹은 아슬아슬하게 무너지기 직전까지 다녀오기도 한다. 마음속의 소음들은 주로 이렇다. '아, 놓쳤다. 왜 자꾸 다른 생각이 들어오지? 지금 이 인물에 대해 애정이 없잖아? 방금 습관적으로 몸을 썼다! 으악, 뭐 하는 거야! 지금 관객을 앞에 두고? 몸을 덜 풀었나? 아, 또 나도 모르게 교만했었나?'

마음속에 진땀이 나는 순간을 대비해 연습을 한다. 연습으로 모든 무대를 완벽하게 준비할 수는 없을 것이다. 무대는 늘 상상 이상으로 예측 불가능하다. 그러나 적어도 그 예측 불가능한 상황들 앞에서 스스로에게 실망하지 않도록 대비하기 위해 연습한다. 경험을 가득 쌓은 연습은 종종 튼튼한 방패가 되어준다.

안숙선 선생님께서 어느 공연의 분장실에서 이런 말씀을 해주신 적이 있다. "소리를 하다보면 나이가 들면서 점차 몸에 힘이 달리는 순간이 올 것이다. 그러나 곧이어 전에 없던 다른 힘이 그것을 받쳐줄 테니 겁먹지 마라."

나는 그 순간이 궁금하다. 나를 무섭고 두렵게 하고선 그 시간을 통해 찾아올 획득이 무엇일지 정말 궁금하다. 아마도 너무 어렵겠지. 알아차리지 못할 수도 있을 것이다. 미래에 내게 바라기는, 딴청을 오래 피워도 좋으니 결국은 다시 귀마개를 꽂고 방에 들어가서 지난하게 연습하기를 멈추지 말아달라는 것이다. 달라지는 내 신체와 마음과 기술과 욕망을 잘 맞이하고 싶다.

2021년 8월 13일 할 일

||||||||

에세이 1시간 30분 ㅇㅋ

소리 연습 1시간(Key - Re) ㅇㅋ

국악사 2개 / 음악 감상 2개 실패

요가 40분 실패

철봉 30개 ㅇㅋ

푸시업 18개 ㅇㅋ

스콰 75개 ㅇㅋ

빨래 ㅇㅋ

브로콜리 삶기 ㅇㅋ

착한 아줌마

'"||||||"'

"예솔이는 커서 뭐가 되고 싶어요?"

"저는… 착한 아줌마요."

다섯살의 내가 텔레비전 안에서 대답한다. 사람들은 소
박한 꿈을 가진 나를 귀여워했고, 나는 영문 모르고 부끄
러워했다. 착하고 괜찮은 사람, 나는 이것을 해내고 싶었
다. 어디서 무얼 보고 결심했을 꿈인지 모르겠다. 누가 심
어준 욕망이었을까. 어린 나의 눈에 착한 아줌마는 왜 멋
진 직업이었을까.

나는 국민 꼬마가수 '예솔이'였다. 1984년 예솔이가 아
빠와 함께 부른 노래 「내 이름(예솔아!)」는 전국민에게 사
랑받는 히트곡이었다. 아직도 생각난다. 「가요 톱 10」이
라는 프로그램의 무대에서 어른들이 "저기 빨간 불빛 들
어오는 거 보이지? 저기 쳐다보고 노래해"라고 했던 카메

라 위의 빨간 불들이. 「내 이름(예솔아!)」는 「가요 톱 10」
에서 1위를 차지하기도 한 곡이다. 현재로 말하자면 「뮤
직뱅크」나 「엠카운트다운」에서 다섯살짜리 꼬마애가 부
른 노래가 수많은 히트곡을 제치고 1위를 한 셈인 것이다.

　길을 다니면 사람들이 내 면전에 옆통수에 뒤통수에다
대고 "예솔아~ 할아버지가 부르시냐?" 하기 일쑤였다. 병
원 로비에서도 방송국 복도에서도 놀이공원에서도 사람
있는 곳이면 항상 들었다. 어린 나는 내 의지를 가지기도
전에 유명해져버렸고 의지와 상관없이 다들 내게 아는 척
을 했다. 그로 인한 득도 많았을 것이고 그만큼 실도 많았
을 것이다.

　여러분도 살다가 문득문득 어린 시절 기억의 편린들이
영화처럼 떠오르지 않는가? 내게는 한강의 밤, 여의도와
신월동으로 이어지는 도로의 주황색 가로등 불빛, 버스나
택시에서 들리는 밤의 라디오 소리 등 여러 조각이 있다.
수많은 빌딩 창문에 밝혀진 불빛을 바라보며 저기엔 누가
살고 있을지, 모두 대체 뭘 하고 있을지 궁금해하곤 했었
다. 밤의 기억은 그렇게 삶에 대한 아련함으로 가득한데
낮의 기억은 괴로운 것이 많다.

　야, 너 이문세 사인 다섯장만 받아와.

야, 나 가든 아파트 통장 딸이야. 네가 예솔이지? 오늘부터 나랑 친구해.

야, 너 싸움 잘한다며 나랑 한판 붙어.

야, 이 미친년아 잘난 척하지 마.

처음 보는 또래들에게 수만가지 인사와 이야기를 들었다. 싸움을 잘하는 사람도 아니었고 친구를 쉽게 사귀는 성격도 아니었던 어린 나에게 등하굣길은 하루하루가 가슴 졸이는 전쟁터 같았다. 유명세로 모르는 친구들에게 욕을 듣거나, 생판 처음 보는 학생에게 도전을 받아 배를 걷어차이기도 하고, 계란으로 눈에 든 멍을 빼야 할 정도로 맞기도 했다. 너무 괴로우면 종종 상상 속으로 도망을 쳤다. 커다란 비행기가 학교 정문부터 우리 집 앞까지 길게 놓여서 그 비행기의 뒷문을 올라타 앞문으로 내리면 그냥 바로 교실 문 앞인 그런 상상.

작은 머리로 이 난관을 헤쳐나갈 방법을 열심히 고민했다. "당신들이 말하는 나는 진짜 나와 다르다"고 증명할 방법이 필요했다. 나를 만나기도 전에 내게 화가 나 있는 사람들의 마음을 어떻게 하면 녹일 수 있는지 생각에 생각을 거듭했다. 그래서였을 것이다. 나는 착한 아줌마가 되고 싶었다. "쟤 알고 보니 착한 사람이야"라는 말을 듣는 것이 이 모든 상황에 대한 승리라 생각했다.

사람이 착하다는 말을 들으려면 무엇을 해야 할까. 일단 거절을 하지 않기 시작했다. 친구가 되자고 하면 친구가 되었고, 달라고 하면 주었다. 말을 걸면 들었고 욕하며 지나가는 낯선 이에게는 그냥 웃음으로 답했다. 강박적으로 내가 괜찮은 사람이라는 증명에 매달렸다. 당연히도 점점 힘에 부치기 시작했다. 거절을 하지 못하는 사람에겐 그만큼의 부담과 숙제가 쌓인다. 거짓말을 시작하면 어느새 그것을 덮기 위한 또다른 거짓말이 눈덩이처럼 불어나듯이, 거절을 못하기 시작하면 나를 갈아넣어야 할 시간과 노력과 빚이 눈덩이처럼 쌓이는 것이다. 무언가가 팽팽해져 큰일이 날 것 같던 어느 시기에, 다행히도 우리집은 이사를 해야 했고 나는 새로 전학 간 곳에서 다시 내 태도를 세팅할 수 있었다.

애매했다. 나는 연예인도 아니고 일반인도 아니었다. 적당히 얼굴이 알려졌지만 내 삶이나 성격은 또래 친구들과 다를 바 없었다. 사춘기에 접어들면서 나는 지긋지긋한 '예솔이'를 내게서 떼어내려고 발버둥치기 시작했다. 부모님에게 방송 활동을 그만하겠다 선언했고 친구들을 만날 때는 사람 좋고 털털한 나를 표방했다. 그리고 그 와중에 우연히 판소리를 만났다. 판소리라는 세계의 문이

열렸고 자연스레 내 삶은 '예솔이'에서 '판소리 학도'로 전환을 맞이했다. 사람들은 예솔이라는 연예인 어린이보다 판소리 배우는 학생에게 더 너그러웠다. 나는 그렇게 전통에 대한 모순적인 존중 속에 일단 안착했다.

*

착하고 괜찮은 사람이 되고자 했던 욕망은 지난한 습관이 되어 나의 언어에, 순간적인 표정과 행동에, 상황에 따른 리액션에 얼룩처럼 들러붙어 있다. 이 짓을 멈추어야 한다는 걸 언제 깨달았는지는 기억나지 않는다. 아마 한순간이 아니라 아주 서서히 깨달아왔을 것이다. 또한 지금도 남은 습관들 앞에서 멈칫멈칫하는 중이니 아직 갈 길이 많이 남았을 것이다.

나다운 나를 찾아야 한다는 깨달음의 지점부터 그 여정은 참 혼란스럽다. 습관적으로 친절하려는 순간에, 그것을 발견해내고 원하는 언어로 치환해내는 순발력과 강단이 필요하다. 굳이 왜 내가 이렇게까지 하고 있는가 싶을 때면 잠시 멈추는 노력도 하고 있다.

누구나 남이 원하는 나와 내가 원하는 나 사이에서 우왕좌왕 헷갈리기 마련이다. 내가 원하는 나를 항상 잘 알아내는 것이 참 어렵다. '내가 원하는 나'도, '그냥 나'도, 계속 주변과 유기적으로 많은 것을 주고받으며 변화하고 있기 때문에 그런 것 같다. 그래서 나는 나를 모르겠고, 마찬가지로 당신도 모르겠다. 우리는 계속 변화하고 있기 때문에 서로를 섣불리 안다고 말할 수 없다.

다만 한가지 힘주어 말하고 싶은 것은,

내 아무리 당신에게 잘 보이고 싶은 순간이 생기더라도 이제는 착한 아줌마가 되려고 하지는 않을 것이다.

소리앓이

|||||||

소리앓이라는 말이 있다. 판소리 발성이 인간의 기본 발성보다 훨씬 커야 하기에 소리를 하고 나면 온몸에 몸살이 난 듯 앓이를 한다고 해서 예로부터 쓰이는 말이다. 수많은 공연과 연습으로 다져진 내 몸도 평소보다 전반적인 음을 한음 높여서 연습하거나 조금 긴 시간 「적벽가」를 연습하면 바로 등판이 욱신거리는 통증이 온다. 소리앓이를 하는 셈이다. 등판 여기저기가 삔 듯이 결리는데 이 통증을 완화할 방법은 그저 잘 먹고 잘 자면서 시간을 잘 보내는 것뿐이다.

30대 후반에 판소리를 뚝 멈추었던 3년의 공백이 있었다. 그 시간 직후 3년 만에 선 첫 소리 무대가 하필 '소리의 고장' 전주였다. 전주에서 소리꾼으로 무대에 서는 일은 어려서부터 무조건 부담 백배였다. 최대한 피하고 싶고 동시에 최대한 잘하고 싶은 무대가 전주다. 그래서 아마 좀더 힘이 들어갔는지 몰라도 바로 그 3년 만의 공연 날에는 무대 위에서 소리를 내다 으악, 하고 허리를 크게 삐었다. 허, 그것참. 오랜만이라서, 전주라서 그렇다 쳐도 너무한다 싶었다. 아니 보통은 감당 안 되는 무게의 짐을 들 때 허리를 삐어야 하지 않는가? 내 살다 살다 소리가 무거워서 허리가 빠직하고 삐는 일은 처음이었다. 진짜 너무한다 싶었다.

동편제 「적벽가」 완창을 준비하던 때에 나보다 조금 앞서서 「적벽가」를 완창한 판소리 선배 여성의 이야기를 전해 들었는데 「적벽가」를 준비하며 온 장기가 땡땡 부어 힘이 들었다고 한다. 에이, 장기가 어떻게 붓나. 거 누가 소리꾼 아니랄까봐 과장이 심하시네, 라고 생각했었다. 그리고 몇달 후, 「적벽가」 완창을 하고 나서 친분도 없는 그녀가 그리웠다. 함께 등판을 움직움직해가며 차를 마시고 싶었다. 그에게 느낀 전우애를 전하고 싶었다. 장기가 땡땡 붓는 것 같았어요! 등판은 아직도 욱신거려요, 선배도 그랬나요! 하고 말이다.

돌아가신 오정숙 선생님은 소리 연습을 시작하실 때 늘 엄청 두꺼운 복대로 배를 먼저 조이셨다. 소리가 힘이 달린다 싶으면 부채의 뾰족한 끝으로 손바닥을 뚫을 듯이 꽉 쥐라고 항시 말씀해주셨다. 모든 소리꾼들이 각자의 방법으로 자신의 체력과 소리와 싸운다. 으, 이런 예술이 만들어져도 되는 거였을까.

*

처음 소리앓이라는 말을 들었을 때는 그다지 와닿지 않았다. 모든 세포가 성장하기에 분주한 꼬맹이였으니 온몸이 아플 새 없이 무럭무럭 자라나기 바빴고, 소리앓이를 할 만큼 커다란 힘을 얻지 못했기에 아무리 빽빽 소리를 해봤자 몸이 아플 정도는 안 되었을 것이다. 그래서 전부 멀고 먼 어떤 전설 같은 이야기라고 생각했다.

선생님과 사모님은 늘, 소리에 미친 사람들이 얼마나 연습에 열심인지 이런저런 일화들을 들려주셨다. 도시 생활을 시작하게 된 소리꾼이 연습을 너무 하고 싶은데 마땅히 소리 지를 곳을 못 찾아 결국 컴컴한 장롱 속에 들어가 소리를 했다든지, 버스에서 하도 중얼중얼해서 사람들이 미친 사람 보듯 그를 피했다든지 하는 이야기들. 그렇게까지 할 수는 없었기에 나는 그냥 구석진 방에서 할 만큼만 했다. 소리앓이는커녕 내 연습이 모든 기준에 비해서 늘 한참 모자라다고만 생각해왔다.

언제나 쌩쌩했다. 하루에 한시간을 연습하든 하루에 네시간을 연습하든 별로 힘들지 않았다. 산 공부에 들어가서도 자꾸 잠이 오는 것이 문제였지 목이 너무 쉬어서 소리가 안 나온다거나 그로 인해 체력이 달린 적은 없었다. 고등학교 3학년 때 생애 처음으로 「심청가」 네시간 완창을 한 후에도 어른들이 나를 걱정해주는 것에 비해 나는 그리 힘들지 않아서 속으로는 '지금 힘든 척을 좀 해야 할까? 안 그래도 되는 건가?' 헷갈렸다. 그런 나를 보고 선생님은 부모님께 「춘향가」 여덟시간 완창을 제안하셨다. 저렇게 쌩쌩하니까 해보자고. 나는 '네시간 완창을 두번 하면 여덟시간이겠네. 까짓것 별거겠어?'라 생각하며 곧바로 여덟시간 완창 공연 준비를 시작했다.

하루의 수업이 다 끝나면 늘 학교 연습실에서 「춘향가」를 연습했다. 여덟시간짜리라서 외울 것이 너무 많았고 심지어 여기저기 몸짓으로 받아놓은 발림까지 다 외워야 했기에 한시도 멈추지 않고 그것만 생각하며 살았다. 좋아하는 소설책을 읽을 때조차 입으로 「춘향가」를 외었고, 컴퓨터로 리포트를 쓰면서도 「춘향가」를 불렀고, 하루 한번씩 각 잡고 서서 발림을 소리에 얹어 함께 해보며 정말 열심히 준비했다. 혹여라도 감기에 걸리면 큰일 나겠다 싶어 훌쩍거리는 친구가 연습실에 들어오면 아하하하 웃으며 화장실로 피했고, 기침을 하는 친구가 멀리서 걸어오면 가던 길을 돌아서 다른 길로 우회했다. 지독히도 홀로 달렸다.

여덟시간 완창을 한 날 나는 모든 것으로부터 벗어났다. 지긋지긋하도록 조심하던 감기, 보고 싶지만 만날 수 없었던 동아리 사람들, 그리웠던 술자리가 내게 달려오고 있었다. 온 세상 온갖 것을 조심하던 나는 이제 그 모든 조심으로부터 해방이었다. 바로 그날이었는지 아니면 그다음 날이었는지, 아무튼 어리석게도 나는 동아리 친구들과 따로 밤을 새워서 뒤풀이를 가졌다. 그리고 그 덕에 1년 넘도록 아팠다.

그 1년간, 걸음을 내딛는 발조차 무거웠다. 계단을 오르는 것이 너무 힘이 들었고 버스에서는 늘 병든 닭처럼 졸아댔다. 웬만한 것들에 별로 구미가 당기질 않았고 뭘 하든 너무 빨리 지쳐버렸다. 이 무거운 몸뚱이로 세상을 살아가는 게 지나치게 힘이 들었다. 그때 나의 엄마는 온 세상 명의라는 명의는 다 찾아다니고 싶어했던 것 같다. 어떤 돌팔이 행색의 양반은 내게 출산 후 산후조리가 전혀 안 된 30대 여성의 몸이 되어버렸다는 진단으로 겁을 주었고, 어떤 사람은 흑염소를 먹으라 했고, 어떤 이는 가물치를 생으로 불에 고아 나오는 기름을 먹으라 했다. 뱀, 잉어, 개소주, 웅담, 공진단 등등 아주 「수궁가」의 한 대목인 '약성가'에서 나올 법한 약들 이름은 그때 다 들은 것 같다.

옛날 소리꾼들은 소리앓이가 심하게 왔을 때 보약을 지어 먹을 돈이 없어 똥물을 먹었다고 한다. 대나무를 인분에 꽂아놓으면 대나무 대의 막에 걸러진 물이 고이는데 그걸 먹고 땀을 쭉 빼며 자고 나면 소리앓이에 좋은 약이 되었다고. 땀을 빼는 이유는 인분에 있는 독성분이 빠져나가야 해서란다. 그 시대엔 환경호르몬이 없었기에 그렇게 인분에서 영양소를 빼 먹는 것이 가능했다나. 그러나 현대에서는 큰일 난다는 말도 덧붙여 들었다.

엄마의 선택은 가물치였다. 싱싱하고 힘 좋은 가물치를 살아 있는 채로 불에 익히면 그 가물치가 온 생명을 다해 비명을 지르듯 꿈틀거리며 난리를 피우다가 결국 노오란 기름을 분노처럼 온몸으로 토해내며 죽는다. 그 구역질 나는 누런 기름이 인간의 몸에 보약이란다. 그것이 과연 몸에 이로울 수 있을까 의문이지만 그때는 그런 생각이 들어올 힘도 없었다. 기력을 되찾고 싶은 나와 그런 나를 어떻게 해서든 돕고 싶은 엄마의 마음만 보였다.

그 노란 기름을 냉장고에 넣어두고 한컵씩 떠서 먹었다. 한마리의 분노를 다 먹는 데 약 한달이 걸린다. 살면서 다시는 먹고 싶지 않은 몇가지 중에 으뜸이 바로 가물치 고아낸 약이다. 기분 나쁘고 구역질 나는 맛이다. 어쨌거나 그걸 한달 동안 먹었다. 큰 변화는 없었다. 나는 여전히 땅바닥과 가까운 기운으로 걸어 다녔다. 다시 몇달 후엔 한약을 한첩 지어 먹었다. 소용없었다. 예전과 같은 컨디션은 이제 남의 것이 된 걸까. 씩씩하게 걸어 다니는 동기들이 너무 부러웠다.

얼마 지나지 않아 엄마가 또다시 엄청나게 힘이 좋은 가물치를 사오셨다. 정말 울고 싶었다. 컨디션이 돌아오지 않는 내 몸이 너무 야속했다. 저놈의 가물치를 또 먹다니. 새로 온 가물치의 힘이 워낙 좋아서인가 이번에는 가물치를 달이는 그 끔찍한 순간에 엄마도 여러번 뚜껑을 놓치며 힘들어했다. 엄마는 "이번 가물치는 힘이 좋으니 몸에도 틀림없이 도움이 될 거야"라며 땀을 닦으셨다. 엄마의 정성 때문이었을까. 두번째로 고아낸 가물치 약은 엄마 몰래 싱크대에 많이도 버렸는데, 그 시간 후로 나는 차츰 회복되었다. 기력을 되찾는 나를 보며 엄마는 나보다 더 기뻐했다. 내가 회복할 수 있었던 이유는 어쩌면 그 모든 약들보다 엄마의 바람과 정성 때문일지도 모른다.

*

그후로 나의 몸은 소리않이가 무엇인지 알게 되었다. 갈 데까지 가서 겪어본 고통 덕분에 그 고통의 시작 지점과 진행 상황을 인식하는 몸이 되었고 미리미리 조심할 수 있게 되었다. 순간순간 몸 상태를 체크하고 내 몸이 무리수를 두려는지 아닌지 확인하는 습관이 생겼다. 적어도 전통 판소리의 공연과 연습에서는 몸이 보내는 신호와 한계치가 어느 지점에서 반응하는지 스스로 판단하고 자제하는 방법이 생겼다. 여덟시간 완창의 대가로 호되게 힘들었던 그때, 나는 그보다 더 몸에 무리를 주는 공연이 앞으로의 내 생애에 있을 리 없을 거라 생각했었다.

그러나 8년 뒤 내 손으로 만든 「사천가」 공연 무대에서 내려왔을 때 "그렇게 명을 깎으며 공연을 하면 안 될 텐데"라는 말을 기공도인에게 들었고, 그 뒤 4년 후에 만든 「억척가」 공연 무대에서 내려왔을 때는 번번이 "인간이 어떻게 그렇게까지 하는 게 가능한 거지?"라는 말을 여러 사람에게 듣기 시작했다. 잘 다스리며 살아갈 줄 알았던 소리않이는, 다른 모양으로 진화하며 계속 나와 씨름을 하고 있는 중이었다.

2021년 9월 6일 할 일

'''''''''

AM 10:30~11:30	로키 밥, 국악 이론, 국악 감상 ㅇㅋ
AM 11:30~PM 1:00	로키 산책, 밥 먹기(카레) ㅇㅋ
PM 1:20~2:00	이동
PM 2:00	인터뷰(영등포구청) ㅇㅋ
PM 3:20~4:00	이동, 소리 연습(차 안) ㅇㅋ
PM 4:00	엄마(영사관 전화)
PM 5:00~5:30	이동, 소리 연습(차 안)
PM 5:30~6:30	합주실, 저녁(텐진라멘)

저녁, 달리기

연말 콘서트 일정/장소 잡기

베뉴

'||||||'

큰 건물의 1층을 들어설 일이 있을 때면 죄도 없이 괜스레 위축된다. 나를 바라보는 것만 같은 경비원의 시선에 "아, 저 여기 주차장 이용객입니다" "잠시 화장실 좀 쓸 수 있을까요?" "저 이 건물에 있는 누구누구가 초대한 건데요"와 같은 문장을 내포한 어깻짓과 표정으로 맞서며 아무도 모르게 혼자 애를 쓴다. 그럴 때면 건물 안으로 삑, 삑, 하며 목에 걸린 카드를 찍고 들어가는 이들이 위대해 보인다.

웬만한 큰 건물의 입구 층에는 자격 없는 자가 잘못 들어서면 큰일 날 것만 같은 위압감이 있다. 커다란 시스템에 소속되어 본 경험은 대학교 이후 전무한 내가 만약 공연을 만들지도, 공연을 즐기지도 않는 사람이었다면 극장 로비도 그런 곳이었을까. 왠지 매표소 직원들에게 용건을 말해야 할 것 같고 안내원에게 양해를 구해야 할 것 같은? 극장 입구는 대부분 커다랗고 멋지니까 말이다.

극장에서만큼은 그렇게 쫄지 않는다. 이런저런 일을 하며 살고 있지만 나의 주 일터는 극장이다. 시간 할당량으로는 연습이나 합주, 대본 쓰기와 음악 작업이 삶에서 더 많은 부분을 차지하고 있는데도 불구하고 사람들이 자신의 일터에서 느낄 법한 수만가지 감정을, 나는 극장에 들어설 때 느낀다. 이곳은 내가 있어도 되는 곳이며 이곳에 있는 사람들과 나는 함께 일을 꾸리는 동료라 생각한다. 공연이라는 것의 생리상 극장은 공연의 셋업 시작일부터 공연의 마지막 날까지만 드나드는 곳임에도 불구하고 그 기간만큼은 순식간에 가장 익숙한 일터가 된다. 극장은, 그리고 공연은 그렇게 발생하고 헤어진다. 공간도 사람들도 말이다. 바로 지금 이 순간에 벌어지는 공연에 모두가 마치 이것만을 위해 존재해왔던 것처럼 열심히 힘을 모으다가 공연이 끝나면 깔끔하게 헤어진다.

물론 극장마다 소소하고 커다란 모든 것이 죄다 다르다. 마치 영업사원이 출장갈 때마다 상대할 기업이 다르듯이. 담당 부서가 바뀌면 모든 것이 다르듯이. 이직하면 새로운 회사에 적응해야 하듯이. 상관이나 부하직원이 바뀌면 사무실 내 공기가 달라지듯이. 극장도 극장에서 일해온 사람들과 그들이 일궈낸 역사에 따라 모든 것이 다르다. 어떤 극장은 그곳의 하나하나가 따스하게 느껴진다. 극장의 벽이나 빛, 생김새와 사람들까지. 어떤 극장은 '삐까뻔쩍'한데 어딘가 텅텅 비어 있는 느낌이다. 어떤 극장은 작지만 활기 있어 알찬 느낌이고 어떤 극장은 이름만 극장이지 기차역 대합실 같다.

어디, 지금부터 여러분을 수년 전의 한 극장으로 안내해보겠다.

*

프랑스 리옹에 빌뢰르반이라는 작은 도시가 있다. 도시 중심에는 빵집이며 식당, 카페와 작은 상점들이 늘어선 작은 가로수 길이 있고 길 끝에는 가로로 길을 막고 선 빌뢰르반 시청 건물이 있다. 시청 건물의 왼쪽이나 오른쪽으로 돌아서 건물 정문 쪽으로 가면 돌바닥으로 된 광장이 나온다. 나무 몇개가 늘어서 있지만 드넓은 광장을 그림자로 채워주기엔 역부족이다. 흙이라곤 찾아볼 수 없는 이 돌바닥 광장에서는 늘 학생들이나 어린이들이 킥보드나 롤러스케이트를 타거나 공차기를 하고 있다. 광장의 양옆에는 과거 유럽의 대중목욕탕이 이 정도 컸을까 싶은 네모진 분수대가 있다. 분수는 쏘아지지 않고 물은 연못처럼 잔잔하다. 이 광장을 사이에 두고 시청을 마주 보며 서 있는 커다란 건물이 바로 '떼엔뻬'라고 축약해서들 부르는 프랑스 국립민중극장Théâtre National Populaire이다.

과거 프랑스 연극은 파리를 중심으로 꽃을 피웠다고 한다. 그러다가 1900년대 초반에 파리에만 예술이 밀집되는 현상에 비판적 자각을 한 연극인들이 리옹 지역으로 내려와 세운 극장이 바로 떼엔뻬다. 극장 입구에는 늘 같은 형태의 디자인에 같은 서체로, 그달의 공연 이름이 새겨진 커다란 포스터가 벽에 붙어 있다. 지금 당신이 들어서는 이 순간에는 'Ukchuk-Ga'라는 이름이 새겨져 있다.

포스터 옆의 문을 열고 1층에 들어서면 맛있는 냄새가 난다. 극장 건물의 1층에는 현지인들도 고개를 끄덕이는 수준의 레스토랑이 있다. 국립극장이기에 다른 곳보다 훨씬 저렴한 가격으로 수준급의 요리를 낸다. 게다가 공연 관계자는 추가로 할인해주니 떼엔뻬에 초청되었을 때 이곳에서 웬만한 프랑스 요리는 디저트까지 싹 다 맛봐야 한다. 앞으로 일주일간 이 극장을 드나들게 될 테니 가능한 일이다!

공연자들은 1층 내 레스토랑 옆으로 들어서는 출입구를 사용한다. 극장의 구조가 똑떨어지게 쉬운 구조가 아니라서 무대감독이 알려주는 길을 잘 기억해뒀다가 출입해야 한다. 엘리베이터를 타고 몇층으로 가야 무대 뒤 분장실이 있는 층인지, 사람들이 모여 와인을 마시며 공연이 좋았다 어떻다 이야기를 나누는 리셉션 장소는 몇층인지, 스태프들이 식사를 차려 먹는 다이닝룸은 몇층이며, 1층 입구를 통하지 않고 바로 나갈 수 있는 출입구는 몇층인지 등등을.

분장실 층으로 올라가 복도에 들어서면 유럽 극장 특유의 시큼한 스킨 냄새와 커피향이 은은하다. 복도를 따라 관계자 전원이 모두 쉬어가는 휴게실과 현지 스태프들의 사무실, 공연자들의 분장실이 늘어서 있다. 공연자의 분장실에는 여러 사이즈의 수건이 종류별로 바구니에 담겨 있다. 거울 앞에 올려진 꽃다발 옆에는 "자람 리, 네가 다시 와줘서 정말 기뻐, 우리는 너를 언제나 환영해"라고 쓰인 카드도 함께 있다.

얼른 여러분들께 휴게실에 늘어놓은 먹거리들을 구경시켜주고 싶지만 일단 극장에 들어왔으니 무대로 가보자. 복도 끝 무대 출입문에는 검고 무거운 커튼이 달려 있다. 커튼을 젖히고 들어서면 왼편 무대 벽면에는 조명 배턴(커튼, 조명, 그밖의 무대 장치들을 매달기 위한 가로대)을 오르내리는 도르래들이 다닥다닥 놓여 있다. 모래 추들이 붙어 있는 도르래들은 먼지도 좀 쌓이고 이래저래 색이 바랬는데 이게 얼핏 보면 굉장히 멋드러진다. 추들이 늘어진 벽면은 그 자체로 마치 하나의 커다란 미술작품 같다.

수많은 공연에서 긴장하며 오르내렸을 추들을 뒤로하고 무대 하수(무대에서 객석을 바라보고 오른쪽을 하수, 왼쪽을 상수라고 한다)에 늘어진 검은 커튼 사이를 지나 무대로 들어간다. 무대 바닥은 기분 좋은 나무이고, 무대에서 바라본 객석 의자는 짙은 붉은색이다. 약 800석의 객석이 무대를 중심으로 부채꼴로 따뜻하게 정렬되어 있다. 무대에 서서 맨 뒤 객석까지의 거리를 가늠한다. 소리와 말과 에너지가 저 끝까지 잘 가닿을지 상상한다. 객석 가장 뒷면에 조명과 음향 조종실이 있고, 객석 천장은 드높다.

무대 중앙에서 머리를 뒤로 젖히면 머리 위에 관객을 위한 자막 프롬프터가 달려 있다. 조명감독과 무대감독은 프롬프터가 조명의 동선을 방해하지 않도록 프롬프터가 매달려 있는 배턴을 이리 내리고 저리 올린다. 나도 덩달아 객석에 앉아 프롬프터를 올려다보며 "지금은 목이 좀 아프겠는걸요. 아, 지금이 좋아요" 하고 훈수를 둔다.

다시 무대 위를 걸어 다니며 스태프들이 열심히 설치해준 공연 세트를 둘러본다. 무대 경사는 안전하게 다닐 만한지, 뒷막을 두드리는 씬에서 무대와 뒷막 사이의 공간이 넓어 위험하지 않은지, 뛰어다녀야 할 바닥은 얼마나 미끄러운지 확인한다. 기분 좋은 긴장감이 몸의 피부 구석구석을 타고 심장으로 전해지는 느낌이다. 벌써부터 이렇게 긴장하면 마음이 남아나지 않을 것이다. 피부를 타고 들어온 긴장을 깊은 숨을 통해 되돌려 내보내며 공간을 앞뒤 좌우 위아래로 훑어본다.

그렇게 둘러보다보면 공간의 울림과 극장 음향 시스템이 궁금하다. 100퍼센트 말과 소리만으로 이루어진 공연인 만큼 음향의 질감은 너무도 중요하다. 가능한 따뜻하고 부담 없는 소리로 관객을 만나고 싶다. 당장 확인하고 싶지만 음향은 조명 행잉이 다 끝난 후에 마이크를 차고 확인하게 될 테니… 자, 그럼 이제 휴게실에 무슨 맛있는 과자들이 있는지 보러 가자.

휴게실에는 기다란 소파가 ㄱ 자로 벽에 붙어 있고 마주본 벽면에는 테이블들이 있다. 테이블 위에는 커피머신이 있고 그 옆 나무도마 위엔 잘리다 만 식빵과 깜빠뉴가 있다. 사람들이 알아서 잘라 먹는 시스템이다. 빵 옆에는 각종 잼류와 버터가, 바구니에는 사과와 귤, 바나나가 담겨 있고 가장자리엔 달달한 스펀지케이크 조각들과 마들렌, 딱딱한 설탕 쿠키가 놓여 있다. 풍요와 여유와 인사말들이 휴게실 공기를 가득 메운다.

휴게실에서 마주친 스태프들과 인사를 나누고 스몰토크를 하다가 극장 의상팀을 만난다. "수건은 더 필요 없니? 너의 의상을 어떻게 준비해줄까? 빨래가 필요한 의상은 어떤 거니?" 하고 묻는다. 나는 그를 내 분장실로 데려가 필요한 설명을 시작한다.

"이 티셔츠들은 안에 입는 옷들인데 공연 때마다 흠뻑 젖을 거야. 이것과 양말들의 빨래를 부탁해. 이 치마는 정전기가 관건이야. 무대 위에 습도가 있으면 좋아서 보통은 공연 전에 치마를 물로 적셔놓거든. 그러면 정전기에도 습도에도 좀 도움이 되더라고. 하지만 이 치마를 적시는 건 우리 무대감독이 해줄 거야. 어느 정도 적셔야 하는지 그 사람이 가장 잘 아니까. 응, 맞아. 그냥 치마도 무거운데 적시면 더 무거워. 내가 얼마나 빡세게 공연하는지 너한테 이야기해주고 싶지만 공연을 보기 전에는 설명하기가 조금 힘들어. 공연을 보고 나면 이 말들을 이해할 수 있을 거야. 이건 마이크 팩인데 아유, 나는 이게 치마 밑에 눌리는 게 매번 걱정이야. 땀에 젖으면 오작동될까봐, 무거운 치마에 눌리다가 혹여 수신이 안 될까봐 말이지."

나의 이런저런 이야기를 듣다가 그는 마이크 대목에서 갑자기 고개를 끄덕이더니 방을 나간다. 그러고는 한참 후에 자신이 고안해 만든 마이크 팩을 손에 들고 온다. 단

촛구멍이 잔뜩 있는 고무줄을 총 벨트처럼 어깨에 걸칠 수 있게 모양을 잡아 마이크 주머니를 달아주었다. 마이크는 더이상 치마 밑에 눌릴 필요가 없이 내 등 뒤에 안전하게 걸린다. 단춧구멍이 촘촘해서 그날그날 내 감에 따라 단추를 채우고 싶은 곳에 채워 길이를 조절할 수 있는 아주 영리한 마이크 팩이었다.

"이거 지금 네가 만든 거야? 아, 고마워. 이거 대단히 영리한 마이크 팩이야. 왜 우린 이걸 생각하지 못했지? 나 이거 가져도 돼? 정말 고마워! 너무 좋다! 트레트레비앙! 메르시보쿠!"

이 순간 이후로 6년간 나와 함께하게 될 그 마이크 팩을 받아 들고 방문을 나서는 그에게 인사를 마친 후 한번 크게 호흡한다. 그리고 요가 매트를 편다.

자, 이제 오롯이 혼자서 보낼 시간이다. 여기까지 함께해준 여러분을 잠시 허공에 띄우고 일종의 의식과 같은 시간을 보내야 한다. 매트 위에 앉아 왼발부터 시작하여 오른발, 어깨, 등허리, 고관절, 척추 스트레칭을 하며 이 극장에 들어온 나의 몸과 마음을 점검한다. 다시 일어나 몸을 털기 시작한다. 좌뇌부터 우뇌, 얼굴과 목, 심장, 간, 위, 신장, 엉덩이, 허벅지, 무릎, 발목, 발뒤꿈치까지 하나씩 털어내며 앞으로 일주일간 나의 일터가 되어줄 이곳에서의 시간이 시작된 것을 받아들인다. 열어놓은 창문 틈 사이로 광장에서 뛰어노는 아이들의 목소리, 사람들의 웅성거리는 대화 소리가 벽을 타고 들어온다. 오랜 시간 저 사람들을 품으며 공연예술을 사랑해온 극장을 생각한다. 이 극장이 서 있는 빌뢰르반을 생각한다. 여기에 와 있는 우리 팀들을 생각한다. 떼엔뻬 극장에서도 우리의 이야기들이 잘 뿌리내리고 펼쳐질 것을 상상한다. 지나온 극장들도 앞으로 다가올 극장들도 아닌 바로 여기에서 말이다.

추임새

‖‖‖‖‖

소원이 있다. 딱 한번만이라도 판소리라는 장르 특성을 잘 아는 관객으로 가득 찬 극장에서 내가 만든 판소리를 신나게 하고 싶다. 음… 솔직히 말하자면 최대한 여러번 그러고 싶다.

전통 판소리건 창작 판소리건 판소리 공연을 할 때면 매번 공연에 앞서 관객들에게 추임새를 설명한다. 추임새는 무엇인지, 왜 추임새가 존재하는지를 알려준다. 어색하고 쑥스러워하는 관객들이 입 밖으로 추임새를 내뱉어볼 수 있도록 가르쳐주기도 한다. 그러면 관객들은 극장에 들어설 때 가졌던 긴장을 푼다. 관객과 나 사이엔 몸과 마음 편히 공연을 봐도 된다는 서로 간의 약속이 생긴다. 관객은 무대에서 벌어지는 이야기에 반응해도 된다는 사실을 인식한다. 그간 숨죽이며 타 장르 공연을 봐왔던 관객들도 다른 관객이 던지는 추임새에 놀라기도 하고 신기해하기도 하면서 점점 판소리라는 장르 특성, '편하게 반응하기'에 젖어든다.

어떤 이는 놀랄 것이다. "저렇게 소리 내서 함께 즐겨도 되는구나. 헐, 이게 연극이나 뮤지컬이었으면 완전 '관크'인데" 하면서 말이다('관크'는 공연 중 관객의 관람을 방해하는 모든 행위를 말한다). 판소리는 관객이 소리를 내도 된다. 공연 도중 박수를 치고 싶다면 치면 된다. 한숨이나 탄성 소리를 삼키지 않아도 된다. 아, 물론 추임새에도 '관크'가 있다. 앞서 말한 모든 반응들이 온전히 무대에서 벌어지는 일에 대한 자연스런 자기 반응이 아닐 때, 그것은 다른 관객이나 무대 위 소리꾼과 고수에게 무례함이 되기도 한다. 장르별로 행동 양식의 특징이 다를 수 있을지언정 그것의 행위자가 가져야 할 코먼센스는 동일하게 필요하듯이.

말이 나왔으니 추임새가 무엇인지 좀더 이야기해보자. 쉽게 비교하자면 우리가 남의 이야기를 들으며 그것에 공감하고, 함께 이야기 흐름을 따라가고 있다는 것을 상대에게 알리기 위해 자연스레 하는 반응이 추임새다. 이를테면 "헐 정말?" "아아, 그렇구나" "어, 맞아 맞아" "와 ─ 진짜 장난 아니다" 같은 말들. 판소리는 관객에게 이런 공감의 제스처를 허용한다. "얼씨구" "좋다" "으이" "그렇지"

같은 전통적인 추임새부터 "으아…" "아이고" "어머!" "깔깔깔깔" 등의 반응도 기분 좋은 추임새다. 추임새는, '나는 지금 너의 이야기를 굉장히 잘 듣고 있어!'라는 신호다.

추임새는 무대 위의 소리꾼과 고수에게 진짜로 영향을 끼친다. 재담 좋은 이야기꾼이 좋은 청중을 만나면 소위 '작두 타듯' 신이 나서 이야기에 박차를 가하듯, 소리꾼이 훌륭한 추임새를 만나면 나도 모르게 자기 최대 능력치까지 다녀올 수 있기도 하다. 실제로 최근에 한 「노인과 바다」 공연에서 소리 속을 아는 듯한 걸쭉하고 신명나는 추임새 몇마디가 터져나와 그 소리를 들은 고수는 날아다니듯 공연을 했다('소리 속을 안다'는 말은 소리에 대해 잘 알고 듣는다는 뜻이다. 소리 속을 아는 자들은 어떤 시김새가 어려운지 어떤 장단에 어떠한 말 붙임이 훌륭한지 이미 그 미덕을 알기에 소리꾼이 기술을 잘 표현했을 때 탄성에 가까운 시김새를 던지고 그 추임새를 듣는 소리꾼들은 '소리를 아는 사람이 왔다. 소리 속을 아는 사람이 왔다'라고 생각하고 더욱 긴장함과 동시에 몹시 흥이 나게 된다). 기술들은 더욱 정교하고 섬세했고 말과 태도는 더욱 자유로웠다. 무대 위에서 느낄 수 있었다. '오늘 신난다. 소리 속을 알아주는 관객들이 많이 왔다. 내 작창의 짜임새를 알아봐주겠지. 소리를 더 잘하고 싶다. 신이 난다. 너무 신이 나서 아주 미쳐버리겠다!'

공연이 끝나고 공연을 지켜본 연출은 "오늘은 관객도 소리꾼도 고수도 다들 미쳐서 어디 딴 데 다녀온 것 같다"고 말했다. 고수도 말했다 "오늘 장난 아닌데요. 너무 재미있는데요." 판소리에서 추임새는, 그리고 관객은 이렇게나 중요하다. 물론 소리꾼의 노력에 팔할이 달렸지만 그날그날 공연의 공기를 완전히 바꾸어버리는 것은 관객을 만나 발생하는 시너지가 하는 일이다. 그래서 나는 공연 때마다 몹시 긴장할 수밖에 없다. 내 노력에만 달린 공연이 아니기에. 오늘은 어떤 관객과 어떤 상황 앞에 놓일지 미리 예측할 수 없기에. 그래서 늘 공연이 무섭고 궁금하다. 할 수 있는 준비라고는 항상 최선을 다해 기본값을 준비하는 것뿐이며, 공연 때마다 늘 기본값 위 어디까지 다녀올 수 있을까 조마조마하다.

최근 한 공연에서 늘 그랬듯 관객에게 추임새를 알려주었다. 당신들이 이 공연에 영향을 끼치는 것이라고. 마음껏 추임새를 하시라고. 그리고 공연을 시작했고 공연은 기본값 위에서 무사히 흘러가고 있었다. 1막이 잘 끝나 인터미션이 지나고 2막을 하러 들어갔을 때부터였다. 한 관객이 모든 장단마다 추임새를 넣기 시작했다. 기분이 좋으셔서 그러시겠거니, 금방 멈추시겠거니 했다. 하지만 그 추임새는 멈추지 않고 매 순간을 나와 함께 노래하듯 고수와 함께 북을 치듯 반복적이고 규칙적으로 무대로 던져졌다. 부담스럽기 시작했다.

이제 곧 상어 떼에게 청새치가 다 물려 뜯길 테니 추임새를 던질 만한 드라마가 아니다. 그때는 멈추시겠지 생각하며 기다렸다. 웬걸 그 반복적인 추임새는 상어 떼가 청새치를 습격해도, 노인이 모든 것을 다 잃고 바다를 바라볼 때도 멈추지 않았다. 나는 숨이 막혔다. 저 관객의 주변 관객이 방해를 받고 있을 것 같아 속상했다.

다른 관객들은 내 이야기에 온전히 집중하고 싶을 텐데 저 사람의 지속적인 추임새 때문에 불편하면 어쩌지. 고수는 괜찮을까, 저렇게 모든 장단에 함께 공연하듯 추임새를 던지는데. 나도 이렇게 힘이 드는데. 제발 저 추임새를 그만 듣고 싶다. 외면하고 싶다. 멈춰달라고 하고 싶다. 하지만 어떻게 그럴 수 있담. 내가 추임새를 허락했지 않는가. 추임새는 판소리의 생명이 아닌가. 하지만 저 추임새는 아니다. 어떻게 해야 하지. 제발 멈춰다오. 제발.

그 어느 때보다 힘들게 공연을 마치고 무대에서 내려왔다. 고수의 얼굴을 돌아보기도 전에 고수가 내게 말한다. "아, 오늘 정말 힘들었네요." "그죠? 나만 힘든 거 아니었죠?" "네, 무슨 숟가락 살인마에게 고문을 당하면서 공연하는 기분이었어요." "진짜 너무 힘들었죠. 아, 이런 경우는 정말 처음이야." 어딘가가 상한 기분이 들었다. 둘 다 잔뜩 지쳐 축 처진 어깨로 의상을 갈아입으러 분장실로 향했다.

무엇이 상했을까. 그 관객은 내게 해를 입히려고 한 것이 아니다. 신이 났고, 그래도 되는 줄 알고 내게 힘을 주려고 노력한 것이다. 주변을 살피지 못할 정도로 이야기에 빠져들어 마치 자신과 무대 위의 소리꾼과 고수만 존재하는 줄 알았을 것이다. 그는 잘못이 없다. 그러면 무엇이 문제였을까. 상한 것은 나의 마음이었다. 그 관객이 미워서 그런 줄 알았는데 가만히 생각해보니 나 자신에게 화가 났었다. 공연에 온전히 집중해내지 못한 나 자신이, 유연하게 대처하지 못한 나 자신이, 관객의 무지에 의한 방해에 그대로 휘둘렸던 나 자신이 초라하고 볼썽사납게 느껴졌다. 많이 걸어온 줄 알았는데, 갈 길이 아직도 아득히 멀어서 답답했다.

그 일이 있은 후 많은 고민을 했다.

나는 왜 추임새를 알려줄까?

알려주어야 하는 걸까?

다른 장르 공연들은 관객 매너를 따로 알려주지 않는데, 나는 왜 이러고 있는 걸까?

언제까지 추임새를 알려주며 공연해야 할까?

혹시 내가 너무 친절한 태도로 공연을 시작해서 어떤 선을 무너뜨렸던 것일까?

어떤 방법으로 추임새를 알려주어야 이런 일이 또 생기지 않을 수 있을까?

적당한 선이란 것을 대체 어떻게 설명해야 하는 걸까?

추임새 가르쳐주지 말까?

나는 왜 추임새를 알려주고 싶었던 걸까?

그 일 덕분에 다시 많은 것을 점검할 수 있었다. 판소리라는 장르의 특성과 내가 좋아하는 이 장르의 힘을 되새겨보았다. 이야기하고자 하는 욕망과 공연을 잘해내는 것 사이의 종이 한장 차이의 마음을 들여다보았다. 관객을 만나고 싶은 이유와 관객을 대할 때의 어려움을, 관객과 함께 가고 싶은 나의 마음과 이것을 관객에게 잘 경험시켜주고 싶은 열망을 재발견했다. 머리로 되뇌던 것들이 실패를 통해 온몸으로 되새김질되었다. 나는 판소리를 좋아한다. 내가 느끼는 판소리의 아름다운 면모를 관객에게 최대한 잘 경험시켜주면서 공연이 발생하는 그 순간을 함께 즐기고 싶다.

관객의 추임새가 나를 더 좋은 곳으로 데려간 수많은

날들을 기억한다. 어느 관객의 한숨 소리가 「이방인의 노래」 속 라사라에게 인간에 대한 연민과 애정을 더 키워줬던 순간을, 어느 관객의 끊임없이 터지는 큰 웃음이 「노인과 바다」 속 노인을 더 단단하게 버티게 해줬던 순간을, 어느 관객의 공연 도중 기립박수가 「사천가」 속 순덕이의 갈등을 더욱 크게 치닫게 해줬던 순간을, 어느 관객들의 커다란 함성이 계속 무대에서 판소리를 하리라 다짐하게 했던 「억척가」의 순간들을.

*

나는 여전히 추임새를 알려주고 판소리를 시작한다. 추임새를 모르는 관객들이 아무것도 없는 커다란 무대 위에 뚜벅뚜벅 걸어 나온 조그만 여성을 바라보는 그 표정. 긴장된 표정들에게 인사를 건네며 편히 공연을 보시라고 말할 수 있어 감사하다. 아무런 무대 세트도 없이 저 작은 돗자리 하나 위에서 단 두 사람이 대체 어떻게 두시간을 공연한다는 거야, 재미없으면 어떻게 하지? 싶은 얼굴들이 어느새 함께 깔깔거리고 탄식하며 커다란 상상을 만들어가는 그 순간을 사랑한다.

매 공연마다 "판소리가 이렇게 재미있는 건 줄 몰랐어"

라는 말을 들을 수 있다는 것은 큰 축복이다. 내가 하는 것이 판소리이건 아니건, 내 공연이 좋았다고 하면 그로써 충분하다. 나는 내 생애 마지막 판소리 공연 때까지도 아마 관객에게 추임새를 알려주고 있을 것이다.

무대 위에서 죽어라

||||||

내 삶은 나도 모르게 어느 방향으로 달려 오르다가 「억척가」 공연을 기점으로 궤도를 틀었다. 2007년 초연했던 「사천가」가 큰 성공을 거두고 4년 후 「억척가」가 태어났다. 「억척가」는 한국 초연을 시작으로 약 4년간 프랑스, 브라질, 루마니아, 호주 등으로 투어를 다녔다. 그 사이사이 국내 투어도 계속되었다. 그 투어들 사이로 내 귀에 다양한 이명과 이관개방증, 고막에서 무언가 움직이는 소리와 '즈-' 하는 버즈buzz 사운드가 나기 시작했다. 삶이 일종의 상승기류에 올라타 있다고 느끼던 나는 그저 잦은 비행기 이착륙의 영향이거나 잠시 피로해서 생긴 증상일 거라 생각하며 금세 잊곤 했다. 너무 바빴다. 귀 말고도 신경 쓸 중요한 것이 이미 너무 많았다.

「억척가」는 베르톨트 브레히트의 「억척어멈과 그 자식

들」이라는 희곡을 2시간 40분짜리 판소리로 만든 공연이다. 전쟁터를 배경으로 총 2막의 이야기가 굽이굽이지는데 1막에서는 온갖 군인들, 장군들, 전투들이 나오고 그 속에서 주인공 안나는 동탁 진영 군사들의 계략으로 인해 둘째 아들을 잃는다. 둘째 아들의 잘린 머리통을 면전에 두고도 우리의 안나는 "그놈은 내 자식이 아니다. 전쟁 통에 내가 본 머리통이 몇개인 줄 아느냐. 저리 치워라"라고 부인하며 가까스로 그 거지 같은 전쟁터에서 살아낸다. 2막에선 둘째 아들의 죽음 이후 이름을 억척이로 바꾼 안나가 전보다 더욱 억척스러워지는 모습을 보여준다. 위태롭게 치닫다가 그 어리석음 때문인지 빌어먹을 전쟁 때문인지 결국 첫째 아들도 막내딸도 모두 잃게 되는 이야기다. 축약해서 쓰는 중인데도 관자놀이가 지끈거린다. 너무도 아프고 괴롭고 처절한 이야기다.

이 지긋지긋하고 거대한 서사를 내 몸에서 나오는 소리들로 표현해야 했다. 자연스레 작창 과정에서 상상 가능한 모든 발성과 음의 모양을 동원했다. 내기 힘든 괴성은 물론이고 숨 쉴 틈 없이 몰아치는 장단 위에 빽빽하게 말을 얹기 일쑤였다. 여러 인물들의 갈등을 호흡의 큰 격차로 표현하느라 순식간에 몸과 성음을 변화시키는 선택을 했고, 상상의 허를 찌르듯 높거나 낮은 음역의 급작스런 사용으로 드라마의 긴장감을 만들었다. 쉽게 말해 꺽꺽대며 울다가 갑자기 벌떡 일어나 장군 앞에서 투쟁하는 군사로 변해 투쟁가를 불렀고, 뛰어다니며 말리는 사람과 가만히 서서 목숨값을 계산하는 사람을 오가며 표현했다. 약 두시간 반 팽팽한 긴장감으로 인물과 인물 사이, 드라마와 감정 사이를 미친놈 널뛰듯 뛰어다녔다.

이틀간 이어졌던 초연은 예상을 넘어서는 뜨거운 반응을 얻으며 이 공연의 성공적인 시작을 알렸다. 사람들은 무대 위에서 미친 사람처럼 오락가락하는 소리꾼을 보며 충격을 받았고 '인간이 어떻게 저렇게까지 할 수 있는 거지!'라는 평들이 이어졌다. 급기야 관객들은 내 이름 뒤에 '신'이라는 호칭을 붙이기 시작했다.

공연이 끝난 다음 날 아침, 참으로 오랜만에 평화로운 마음으로 눈을 떴다. 오랜 시간 전작의 큰 부담으로 전전긍긍하며 걱정했던 것과 달리 무사히 돛을 올렸다는 안도감을 안고 거울을 보았다가, 그만 자지러지게 놀랐다. 어릴 때 앓았던 수두 비슷한 것이 얼굴에 불긋불긋 잔뜩 올라와 있었다. 깜짝 놀라 옷을 벗고 몸을 살펴보니 온몸 여기저기에도 붉은 열꽃이 올라와 있었다. 무서웠다. 급한 대로 아는 피부과 선생님께 사진을 보내 정황을 설명하자 홍역과 비슷해 보인다며 일단 2, 3일 쉬어보라고 하셨다.

"큰 기운이 급작스레 몸에 돈 모양이네. 열이 갑자기 몸에 확 돌은 거라고. 그거 뭐 그냥 쉬어보는 수밖에 도리가 없어."

시간이 지나자 정말로 열꽃들은 차차 잦아들었다. 열꽃이 어디 먼 곳으로 사라진 게 아니라 두려움의 씨앗이 되어 몸 안 어딘가 뿌리를 내린 듯 이때부터 「억척가」에 대한 신체적 두려움이 나를 조금씩 잠식해갔다.

*

루마니아의 차가운 겨울, 클루지나포카에 있는 헝가리안 시어터 분장실에서 홀로 엉엉 운 적이 있다. 「억척가」 공연 직후였다. 그날 나는 생애 처음으로 '나 진짜로 무대 위에서 죽으려나' 하는 두려움을 직면했다. 차갑고 쓰린 겨울이었고 여느 유럽 국가들처럼 헝가리안 시어터의 난방도 강력한 라디에이터들이 책임지고 있었다. 난방이 어찌나 세던지 극장 어디에서든 피부가 갈라지는 듯 건조했고 일상 대화를 하는데도 목이 메는 지경이었다. 걱정이 앞섰다. 공연 전 무대감독과 프로듀서에게 신신당부를 했다. 관객 입장이 끝나고 공연이 시작되면 꼭 백스테이지의 난방을 멈춰달라고. 공연 시간 동안만큼은 저 무시

무시한 라디에이터들을 제발 꺼달라고 말이다. 세번 정도 거듭 당부하고 무대에 올랐다.

공연이 시작되었다. 그러나 5분이 지나고 10분이 지나도 공연장 공기는 식지 않았다. 외려 점점 내 몸만 혼자 더더욱 뜨거워지고 있었다. 보통은 무대에 올라 관객을 만나고 소리를 시작하면 기분도 풀리고 흥이 오르고 몸과 목이 좀 텐션을 가지고 남은 두시간 동안 수백명의 관객을 끌고 갈 준비가 되는데 이날은 시간이 지날수록 점점 숨이 턱턱 막혔다. 무대 위에 물이 준비되어 있었지만 두세번 목을 축여서 해결될 갈증도 열기도 아니었다. 물을 많이 마셔봤자 소리의 힘을 받아내고 있는 방광만 더욱 부담스러워질 뿐이다. 원래대로라면 1막의 후반부 정직이가 죽는 씬만 무사히 넘기면 몸은 아슬아슬 컨디션을 유지할 수 있다. 그러나 이날은 아직 정직이가 등장하지도 않았는데 이미 심장이 죄어왔다.

정직이가 죽기 직전, 관객들에게 막걸리를 나누어주는 장면이 있다. 악사들이 막걸리와 잔을 들고 관객 사이사이로 나누어주러 내려가면 그사이 무대 한편에서 물을 마실 시간이 주어진다. 길어야 2, 3분 정도의 이 장면에서 나는 그날 수만가지 생각으로 분주했다. '이대로 숨이 막혀 쓰러지려나? 공연을 중단하고 숨을 돌려야 할까? 계속 해도 되는 건가?' 수없이 고민했다. 이 정도의 신체 위협을 무대 위에서, 아니 일상에서조차 느껴본 적 없기에 과연 어디까지 갈 수 있는 것인지 그 끝을 모르는 나는, 결국 그냥 계속 공연을 이어갔다. 다른 선택을 해본 경험도, 시도해볼 배짱도 나에게는 없었다. 여기서 쓰러졌다면 어쩌면 좀더 빨리 「억척가」를 그만했을 수도 있었을 텐데 나의 젊은 몸은 그것을 다 받아내었다.

1막을 겨우 끝내고 무대 밖으로 나와 고함을 쳤다. "라디에이터 모조리 꺼달라고 몇번을 부탁드렸습니까! 사람 죽일 셈입니까!" 극장 허공에다 대고 고래고래 고함을 지르며 희미한 대상에게 원망을 쏟았다. 이 고함이 무대감독을 향한 것인지, 프로듀서를 향한 것인지, 미련하게 이것을 감당하고 있는 나 자신을 향한 것인지, 나는 알 수 없었다. 쉬는 시간 15분 동안 숨을 몰아쉬며 상황을 받아들였다. 그것 말고는 할 수 있는 것이 없었다. 그 누구도 도울 수 없었다. 내가 끝까지 해내야만 했다. 한국에서 이 먼 길을 함께 온 스태프와 악사들의 걸음이 다 나의 걸음에 묶여 있었다. 중도 포기라는 항목은 선택지에 없었다. 애써 호흡을 가라앉힌 후 오로지 끝까지 해내고 가겠다는 마음으로 다시 무대에 올라 공연을 완료해냈다. 사실 그 후로 어떻게 공연을 했는지 기억나지 않는다. 공연이 끝난 후 거울로 마주 보던 내 얼굴만 생각난다.

분장실로 돌아가 문을 걸어 잠그고 화장이 다 번지도록 엉엉 울었다. 대체 내가 무엇을 위해 이 짓을 하는 것인지 모르겠어서 울었다. 너무 분하고 힘들어서 울었다. 많이 울었다. 가뜩이나 무거운데 땀으로 젖어 더욱 무거운 이 지긋지긋한 의상을 어서 벗어던지고 싶었다. 의상의 무게가 그날은 왠지 내가 짊어진 모든 것의 무게이자 나를 숨막히게 옭아맨 덩굴 같았다. 다 벗어던지고 얼른 숙소 침대로 돌아가고 싶었지만 몸은 한동안 아무것도 할 수 없었다. 그저 울었다. 망연자실한 기분이었다.

'괴로움의 「억척가」'는 한번 더 있었다.

브라질의 수도 상파울루에서 2회 공연을 한 후 쿠리치바로 이동해 2회 공연을 해야 하는 투어였다. 상파울루에서 쿠리치바까지의 거리는 서울에서 제주도 정도다. 숙소에서 공항으로, 공항에서 공연장으로 총 세시간 정도의 이동이 공연 다음 날 오전에 잡혀 있었다.

「억척가」는 공연 후에 체력 회복 시간이 필요하다. 가장 긴 「억척가」 공연은 5회 연속이었는데 이 경우 늘 2회 공연 후 이틀 쉬었다가 남은 3회를 해내곤 했다. 그러나 이 브라질 투어는 예산상의 문제였는지, 소통 중에 어디선가 실수가 있었는지 모르겠지만 프로덕션이 기본적으로 지켜주던 휴식이 전혀 고려되지 않았다. 상파울루에 도착한 첫날 호텔 로비에서 극장 프로듀서와 우리 측 프로듀서가 심각한 얼굴로 이야기를 나누었지만 바뀌는 것은 아무것도 없었다. 몹시 화가 났다. 그러나 어디다가 화를 내야 하는 건지 알 수 없었다. 사실 나만 잘 감당하면 되는 일이었다. 화를 표출해봤자 내 속만 상하는 상황이었다. 공연에 집중할 밖에 도리가 없었다.

공연은 2회 모두 성공적이었다. 공연 전에는 여느 브라질리언만큼 쾌활하던 극장 스태프들이 공연 후에는 광적인 팬인 양 돌변하여 자꾸 우리에게 키스를 날리고 큰 호기심을 담아 뜨거운 사랑을 퍼부었다. 어느 때보다 열정적인 분위기 속에서 무사히 공연을 마친 후, 예정대로 바로 다음 날 오전에 우리는 쿠리치바로 이동해야 했다. 일정에 대한 부담으로 평소보다 말이 없어진 나와는 달리 우리 팀 전원은 브라질의 쾌활한 문화와 에너지로 모든 것이 평소보다 들떠 있었다. 상파울루 공연 뒤풀이가 어느 때보다 즐거웠던 모양이었다.

이동을 위해 호텔 로비에 모이기로 한 시각, 누구는 숙취로 머리를 들지 못한 채 위를 부여잡고 나타났고 누구는 브라질에 애인이 생겨버려 콜 시간보다 늦게 나타났다. 난리블루스였다. 과연 우리 전원이 이대로 제시간에 비행기에 올라타는 게 가능할까 싶은 풍경이었다. 격렬하게 잘 놀았구나. 간밤에 무슨 일들이 있었는지 각자의 무용담을 늘어놓으며 입담 대결이 시작되었다. 우리 모두 그렇게 깔깔거리며 쿠리치바로 향했다. 간밤의 뒤풀이 이야기는 무척이나 재미있었고 '그래?' '까르르까르르' 추임새를 날리며 함께 이동했다. 한시도 긴장을 늦추지 않고 내 몸 상태를 예의 주시하면서 말이다. 긴장이 많이 되었다. 무리한 일정은 정말 그 자체로 너무 큰 스트레스다.

쿠리치바에 도착해 극장부터 확인했다. 세상에나, 말도 안 되게 큰 극장이었다. 커다란 고대의 목욕탕처럼 모든 소리가 쩌렁쩌렁 메아리치는 2천석 규모의 극장이었다. 음향감독이 저 극장 뒤 콘솔에서 중앙 무대로 마이크를 들고 내려오는데 거짓말 조금 보태 한 5분이 걸리더라. 놀라서 뒤로 자빠지려는 나를 달래듯 프로듀서는 "자람아 관객석은 아래 한층만 열 거고 그러면 꽉 차도 천명이래"라고 했다. 그러든지 말든지 내 몸은 이 공간을 다 채우려고 발악을 할 것인데 어쩌라는 건가. 바로 어제 그제 있었던 공연의 흔적도 전혀 가시지 않은 내 몸은 여기저기가 계속 저르르저르르하는데 말이다.

어떻게 하지? 여기인가, 내가 바로 여기서 소멸하게 되는 걸까? 이곳이 내 누울 자리인가? 별별 생각이 다 들었다. 무서웠다. 조용히 무대감독을 찾아가 응급차 대기를 부탁해보았다. "감독님 저 요즘 「억척가」를 하다가 어떨 땐 심장 주변 근육이 찢어지는 것처럼 아프거든요. 이상하게 이번 공연에서는 혹시 쓰러질지도 모르겠다는 기분이 너무 많이 들어요. 그래서 말인데 응급차를 극장 옆에 대기시켜 놔줄 수 있어요? 제가 혹시라도 쓰러지면 바로 이동할 수 있게요." 간곡했다.

그러마고 나를 안심시킨 무대감독은 늘 그렇듯 믿음직스럽게 자신의 일을 해결하며 공연을 준비했다. 그래, 우리 모두가 열악한 환경에서 각자의 몫을 하느라고 고군분투하고 있었다. 답답한 현지 스태프를 상대하느라 화를 냈다가 소리를 질렀다가 하는 프로듀서를 보며 여기서도 내 할 일은 공연을 잘해내는 것이구나 싶었다. 마음을 추슬렀다. 이날은 유난히 분장실에 아무도 들어오지 않았다. 그만큼 나 역시 많이 예민해 있었다. 그렇게 다들 조금씩 아슬아슬한 공기 속에서 공연은 올라갔다. 첫날은 약 500명이, 둘째 날은 약 800명이 왔다고 들었다. 어찌어찌 브라질의 모든 공연이 끝났다. 쓰러지거나 앰뷸런스에 타는 일 없이 해내서 너무 기뻤다. 무서웠던 이 투어 일정이 무사히 끝나서 너무너무 너무 너무 너무 홀가분했다. 문득 궁금했다. 앰뷸런스 어떻게 되었지? 짐을 다 챙기고 나서 우리 스태프에게 물었다.

"앰뷸런스, 왔었어요?"

"아니. 앰뷸런스 부르는 게 쉬운 일이 아니라서."

뭐, 그래.

응급차를 대기시키는 건 어려운 일이었겠지. 여기는 심지어 타국이니까. 엄청 비쌌을 거야. 그거 다 예상 밖의 지출인 거고. 진짜 다행이야. 앰뷸런스 불렀으면 괜히 공돈 날릴 뻔한 거지 뭐. 호들갑 떨었다고 핀잔이나 들었을 거야. 그래. 끝났어. 잘 끝났으니 됐어. 진짜 다행이야. 그치?

프런트맨은 프런트맨이기에 감당해야 할 외로움이 있다.「사천가」나「억척가」같이 프런트맨의 역할이 커다란 공연일수록 관심과 주목에 비례한 외로움이 따라온다. 그래서 외롭다는 말은 사치고 응석이다. 특히 함께 일하는 사람들에게 외로움을 토로하는 건 어리석은 일이다. 각자 고군분투하며 자신의 몫을 감당하고 있기 때문에 내가 더 힘들고 외롭다는 말은 못난 응석받이의 징징댐 그 이상도 이하도 아니다.

근데 브라질 투어는 조금 외로웠다.

*

지금 나는 주기적으로 대학병원의 이비인후과를 다니는 환자다. 이명이나 이관개방증은 어쩔 수 없는 것이 되었지만 귀와 관련된 몇몇 증상들에 주기적 관찰이 필요하기에 그렇다.

뒤늦게 알았다. 내 몸을 아끼는 것은 나 자신의 의무일 뿐 다른 누가 챙겨주는 영역이 전혀 아니라는 것을. 몸은 끊임없이 신호를 보내 내게 말을 하고 있고 그것을 듣고 행동해야 할 주체는 나뿐이다. 무대 안팎의 모든 위험은 온전히 내 몫이다. 건강 중 무엇이라도, 잃으면 나 혼자 잃는 것이고 책임질 이도 나뿐이다. 이제라도 이것을 알게 되어 정말 다행이다.

이제는 나의 한계치와 소멸점을 예민하게 감각한다. 우리 모두는 한계가 있는 몸을 가지고 있다. 한계를 한계로 만들 것인지 새로운 가능성의 출구로 인식할지는 각자의 몫이다. 다만 내게 해를 가하는 한계점에서는 깨끗이 포기하고 뒤돌아서기를 스스로에게 원한다. 여전히 나는 쉽지 않은 작창으로 드라마를 표현한다. 투어를 다니며 발달시킨 나의 성량과 음폭, 신체적 한계점 근처에서 늘 사투를 벌인다. 획득된 기술이라 자꾸 사용하게 된다. 가진 것을 죄다 늘어놓지 않아도 멋있을 수 있는 미덕은 아직 더 철이 들어야 생기는 것일까. 다 쓰지 않고도 충분할 기술이 생기면 좋을 텐데. 지금부터라도 그 방법을 찾아가려고 노력 중이다.

어려서 아주 터무니없는 말을 들은 적이 있다.

"예술가는 무대에서 죽어야 해."

얼어 죽을. 나는 이 어리석은 문장에 침을 뱉고 싶다. 몸보다 중요한 것은 없다. 몸과 마음을 해치면서까지 자신에게 무언가를 시키고 있다면 단단히 잘못 살고 있는 것이다. 어리석은 욕망에 사로잡힌 것이거나, 그릇이 허용치 않는 야망을 넘보는 중일 것이다. 그러느라 바빠서 자신의 몸이 보내고 있는 신호를 못 본 척하는 것이다. 그렇게 자신에게 둔해지면 점차 남에게도 둔해진다. 둔해지다보면 서서히 잃게 된다. 소중한 것들을.

나는 가능한 오래, 이 좋아하는 판소리를 관객들과 함께 나누며 살고 싶다. 앞으로 죽을 때까지 공연을 한다손쳐도 장르 특성상 많은 횟수를 하지는 못할 나의 판소리 공연들이, 내가 살아 있는 동안 가능한 많은 관객을 만났으면 한다. 오만한 마음이지만 진심으로, 이 해내기 만만치 않은 공연들에 빈 좌석을 볼 때면 아까운 마음이 든다. 나 되게 잘하는데. 잘하는 기술로 최선을 다해 깨끗하게 이야기를 들고 올라서는데. 이런 공연이 그리 흔치는 않을 텐데. 좀 오지. 와서 한번이라도 보지.

이 마음은 모든 예술가들의 숙제일 것이다. 결국 오늘도 나는 내 숙제를 껴안고 그저 하던 일을 계속 할 것이다. 하지만 괜히 한번 더 말해두자면 세상이 멸망하지 않는 한 나의 이름은 한국 판소리 역사에 아주 중요하게 남을 것이니 당신은 내가 살아 있는 동안 한번이라도 내 작품을 직접 보는 편이 좋을 것이다. 그래야 "나 이자람 공연 봤어! 나 이자람 살아 있을 때 객석에서 같이 추임새 했어!" 하고 자랑할 수 있지 않겠는가.

사명감

||||||||

사명감에 대해 생각해본다. 「사천가」와 「억척가」로 무대에 오르던 시절, 연출가는 공연 직전 코멘트로 늘 객석의 사람들을 믿고 프로덕션의 서로를 믿으라 말했다. 더불어 나의 언어가 세상에 미칠 힘을 믿으라 말했다. 그 말들이 끝나면 함께 파이팅을 외쳤고 슬며시 뜨거워진 마음으로, 무언가 대단한 일을 해내는 기분으로 무대에 섰고, 소리했고, 이야기했고, 선언했고, 풍자했다.

부산에서 「억척가」를 공연하기 전날, 세월호가 가라앉았다. 공연을 할 수 있을까 싶도록 마음이 힘들었다. 형용하기 어려운 분노와 답답함, 참담함으로 얼룩진 마음으로 무대에 섰다. 무대 위에서는 그 어떤 사건도 작품 위에 버무려서는 안 된다. 자칫 방심하다가는 개인적 감정이나 분노를 무대 위에서 벌어지는 사건이나 인물에 활용하기

쉽다. 개인과 작품이 서로의 선을 지키지 못하기 시작하면 점차 작품도 천박해지고 그 선택을 하고 있는 개인도 자신의 삶 위에 잘 서 있기 어려울 것이라는 나만의 엄격한 규칙이 있다.

그날도 최선을 다해 오로지 이야기만, 이 이야기만 전달하리라 다짐했고 노력했다. 순수하게 잘해내었을지는 모르겠다. 세월호를 생각하면 곧바로 터져나오는 분노와 울음이, 무대 위에서 벌어지는 사건에 사용되어서는 안 된다 했던 집념만이 기억난다. 억척이가 되고 이야기꾼이 되고 억척의 세 자식의 죽음을 전달하며 목 놓아 울었다. 자식을 잃는 씬은 매번 그렇게 복장에서부터 울음이 올라온다. 이날은 정말 애를 썼다. 다른 생각이 들어오지 않아야 한다는 생각에 더 많은 집중력을 사용했다. 많이 애를 쓰고 무대에서 겨우 내려왔다. 공연은 여느 「억척가」 공연처럼 커다란 전원 기립박수로 끝이 났다.

공연이 끝난 후 연출가가 말했다. 오늘은 무대 위에서 유난히 금불상과 같은 빛을 뿜더라고. 당연히 공연이 좋았다고 격려해준 말이었을 것이다. 혹은 정말 금불상 같아 보인 것이 신기해서 한 말일 것이다. 그러나 그 문장은 받아서는 안 되는 칭찬의 칼처럼 나를 찔렀다. 마치 말도 안 되는 구간에서 갑자기 끼어든 상식 밖의 운전 차량처럼 그간 가져왔던 막연한 사명감이나 내 작품과 노래가 사회에 어떠한 기여를 하고 있다는 오만한 믿음을 난데없이 바삭, 부숴주었다.

그래. 그저 어떠한 이야기를 잘 전달하는 것에 집중한다 해도 무대 위에서 객석으로 끼치는 영향이라는 것은 의도치 않게 종종 크게 해석된다. 순간순간 영웅이 되고 불상이 되고 의미가 된다. 무대 위의 이자람은 개인 이자람보다 더 많은 지식과 고뇌와 올바름으로 무장한 듯 사람들에게 받아들여졌다. 그렇구나! 나는 실체가 없는 사명감을 붙들고 그 의미들이 내게 두껍을 입히는 것을 허용해왔다! 스스로를 정말로 대단한 사람일지도 모른다고 생각했었던 것이다! 이렇게 사기꾼이 되는 것이구나! 어떠한 우연의 파도에 몸이 실려 한 방향으로 달리다보면 스스로도 그 방향에 대해 이것은 우연히 온 길이 아니라 내가 설정했었고 그 길로 가야만 한다고 스스로를 몰아붙여 진작 서 있던 땅과 점점 멀어져버리는 것이구나! 평생 '진짜 이자람'과 '사람들이 설정한 이자람' 사이에서 그렇게나 진짜 나를 봐달라고 만나달라고 징징거리며 살았으면서 이제는 스스로 나 자신을 설정해 그 안으로 파고들고 있었구나!

멈춰야 한다고 생각했다. 무엇을 멈추어야 할지 모르겠

지만 좌우지간에 지금 내가 서 있는 곳에서 벗어나야 할지도 모른다고 생각하기 시작했다. 정확한 문장들이 아닌 마치 뿌연 안개 속에서 하나씩 발견되는 듯한 감각적인 깨달음이 시작된 그날의 공연 이후로 나는 서서히 「사천가」와 「억척가」 투어를 가동하던 모든 시스템을 멈추었다. 알고 진행한 것이 아니다. 그저 내 마음속 하나의 스위치가 켜졌고 그로 인해 많은 것들이 조금씩, 방향을 바꾸고 변화하기 시작한 것이다. 하나씩, 하나씩 아주 천천히 청소를 시작했다.

겁 많은 나는 그 변화를 막고 싶었다. 그냥 살던 대로 그 자리에 머무르는 것이, 문제들을 슬쩍 모르는 척하는 것이 속 편할 것 같았다. 후회할까 두려웠다. 혼자가 될까봐 정말 무서웠다. 하지만 한번 켜진 불은 도대체 꺼지지 않고 오히려 빛을 더욱 세게 내어만 갔다. 그렇게 그 시간들을 온몸으로 맞이했다. 그 삭막하고 폐허 같은 과정 속에서 내가 알고 치우는 더미들도 있었지만 이것까지 치워야 할 줄은 몰랐던 것들도 산더미였다. 결국은 남김없이 다 게워내야 했다. 마지막까지 놓고 싶지 않았던 소중했던 것들도. 그렇게 「사천가」와 「억척가」는 내 삶을 천천히 떠나갔다.

*

　작품도 인간관계도 심지어 판소리 연습마저 죄다 멈추고 3년의 시간을 보냈다. 전부 지긋지긋했고 무서웠고 아무것도 하고 싶지 않았다. 먹고살아가기 위해 돈을 버는 일만 하며 내 껍데기를 활용했고 그 안에서 나는 긴 겨울잠을 잤다.

　그러던 어느 날 예전에 잠시 마주쳤던 영화감독을 만나 차를 마시는데 별안간 그 감독에게 "자람씨도 이제는 사명감을 가져야 하지 않겠어? 원치 않아도 적당히 높은 자리에 가서 후학을 위한 일들을 도모해야 마땅한 것이 아니냐. 기관의 예술감독도 하고 각종 심사나 이사회 부름에도 응하면서 말이야. 다들 좋아서 하는 게 아니라 더 나은 시스템을 만들기 위해서 희생하는 건데 혼자만 그렇게 사는 것이 과연 옳은가?"라는 핀잔을 들었다. 의외의 인물에게 의외의 말을 들은 기분이었다. 사명감이라… 사명감.

　집에 돌아와 또 고민을 시작했다.

　인간은 각자 어떠한 사명감을 가지고 자기 집 문턱을 넘나드는 것일까?

　무언가를 위한다는 것은 어떠한 마음일까?

　꼭 힘을 가져야만 그들을 도울 수 있는 것일까?

그게 돕는 걸까?

나는 복잡해졌다. 소리꾼들이 더 나은 환경에서 소리하면 좋겠지만 그 환경을 만드는 데 힘을 쓰기보다 내가 열심히 개척해가는 이 길이 결국 좋은 흐름으로써 그들에게 도움이 되기를 바라왔다. 이 개척의 길은 나름 힘들지만 굉장히 재미있고 하고 싶은 일이다. 재미있고 하고 싶은 일을 하는 것이, 이기적인 걸까? 꼭 뭔가를 조금은 희생하는 기분을 느껴야 하는 걸까? 못 이기는 척 참여하기로 했다가 기분 좋았던 경험이 거의 없는데. 삶아, 뭐가 답일까? 아니, 문제는 뭐지?

살아오는 동안 시기별로 일종의 사명감들을 가지고 삶에 임했다. 어려서는 뜻도 모르고 주워들은 "무대 위에서 죽으리라"가 사명이었다. 첫 스승님을 만나고서는 "인격도 훌륭하고 소리도 잘하는 사람이 되리라"가 사명이었다. 소리 연습이 한창 물올랐던 학창 시절에는 "위아래 5년 터울로는 경쟁자가 넘보지 못할 기술을 가져라"가 사명이었다. 대학에 진학하고 나서는 그간 자유롭고 넓게 세상을 인식하지 못했던 나 자신을 채찍질하듯 '더 넓게, 더 많이, 더 다양하게'를 외쳐가며 사명감을 배 속에 처넣듯 닥치는 대로 먹었다.

어느 날 학생회관을 배회하다가 열린 문틈 사이로 통기

타가 보여 우연히 들어가게 된 노래패에서 그곳의 선배들이 심어주는 사명감들을 가오나시처럼 먹었다. 닥치는 대로 먹었다. 사회문제들에 관심 없던 나를 창피해하며 유창하게 논지를 펼치는 선배들을 우러러보며 그들이 넘치게 들고 가다 떨어뜨린 사명감들을 얼른 주워 내 것인 양 먹어치웠다.

세상에는 관심을 기울여야 할 것이 너무 많았다. 썩어빠진 정치, 단추가 잘못 끼워진 역사, 농촌사회의 구조, 아동폭력, 환경오염 문제, 주류문화와 하위문화, 이주노동자들의 사각지대, 이제야 한국에서 제대로 논의가 시작되고 있다는 페미니즘… 나를 백명으로 쪼개서 하나씩 온전히 매달려도 100년 정도 노력해야 겨우 올바르게 바뀔까 말까 싶은 문제들 앞에서 나는 나를 어디다 던져야 할지 몰랐다. 세상에 싸워야 할 것은 너무 많은데 내 몸과 정신은 하나뿐이었고, 나는 이것도 저것도 다 고뇌하는 사람이고 싶었는데 실상은 판소리하나 제대로 해내는 것도 버거운 조약돌 같은 사람이었다.

그렇게 집어 먹은 것은 다 어디로 갔는가. 내 사명감인 줄 알았던 것들이 다시 똥이 되어 하수구로 사라졌다. 죄다 옳은 것 같던 선배들이 각자의 사명감을 칼 삼아 서로를 할퀴는 것을 구경했다. 멋지게 보이던 운동가들은 사명감에 잡아먹힌 사람들처럼 순식간에 편이 갈리고 적이 되기도 했다. 사명감들이라는 것은 어쩌면 나를 좁은 틀 안으로 순순히 들어가게 하려는 사회의 조련봉 같은 것이 아닐까, 의문을 품기 시작했다. 그리고 「억척가」 공연 직후 내게 난입한 충격은 그렇게 품어진 사명감에 대한 커다란 알레르기 반응 같은 것이었다.

*

사명감이라는 단어의 ㅅ 자도 듣기 싫어하며 살아가다가 지금 함께 살고 있는 나의 강아지 로키를 만났다. 로키를 만나 하루 세번 강아지와 산책하는 삶을 살게 되고 금세 이 사회가 가진 강아지에 대한 커다란 편견과 혐오를 마주하게 되었다. 법적으로도 사회적 약속에서도 벗어난 것이 전혀 없는 상황에서도 강아지라서, 강아지를 데리고 있는 여성이라서, 욕을 먹거나 거부당했다. 평온하던 내 집 뒤뜰과 단지 내 놀이터가 불편한 전쟁터가 되기도 했다. 동물권에 무지한 사람들과 지속적으로 부딪히며 감정 노동을 하기보다는 그냥 당연한 권리를 포기하는 쪽을 택했다. 힘든 일이었다.

로키를 사랑할수록 수없이 버려지는 유기견들의 실태

에 눈을 뜨게 되었고 타인의 혐오와 편견을 직접적으로 마주하다보니 자연스레 동물권에 관심을 갖게 되었다. 환경과 지구의 문제를 좀더 적극적으로 고민하게 되었고 소와 관련된 것들부터 천천히 끊기 시작했다. 조용히 혼자만의 신념을 새로이 세우기 시작했더니 머지않아 비슷한 친구들을 만나게 되었다. 나는 비건을 지향한다고, 나는 페미니스트라고 굳이 말하지 않아도 되는 것을 확인했다. 뚜벅뚜벅 걸어가는 이들과 일상을 나누며 사명감의 새로운 형태를 발견하고 있다. 내세우지 않고도, 남에게 들이밀지 않고도 가질 수 있는 사명감의 모양새를 말이다.

여전히 사명감이라는 단어에 일종의 환멸을 느낀다. 옳지 않게 사용되는 일이 비일비재하다고 느껴서다. 국민의 국가에 대한 사명감, 개인의 단체에 대한 사명감, 군인의 군대에 대한 사명감, 직장인의 직장에 대한 사명감, 학생의 학교에 대한 사명감, 가족이라는 사명감… 이것들은 개인에게 억압의 도구로서 딱 좋다. 내겐 아직 사명감의 어두운 면이 사명감의 건강한 면을 압도한다.

어떠한 이들의 숭고한 사명감이 사회를 더 나은 곳으로 변화시켜온 일화들을 마주하면, 그들의 단단한 뚝심과 변치 않는 믿음이 나를 숙연해지게 한다. 앞서 생을 살았던 이들의 여성주의 운동이 지금의 내게 투표권과 배움의 기회를 비롯한 많은 것을 안겨주었고, 민주주의의 사명감이 어두운 새벽과 밤의 산책을 허용하고 두발과 복장의 자유를 선사했다. 현명하고 지혜로운 사명감들은 지금도 도처에서 수많은 강아지를 입양하고, 학대 아동을 구조하며, 이주노동자의 부당한 처지를 개선하고자 자신의 시간과 노력을 기꺼이 사용하고, 성폭력 피해자의 권리를 위해 싸우고 있을 것이다.

*

다시 사명감을 생각해본다. 예술이 세상을 위해 무엇을 할 수 있나 고민하던 시간은 지나왔다. 분명히 어느 시절에는 연극이, 노래가 세상의 변화를 주도하거나 물살을 더 크게 만들기도 했었다. 그 시절에는 예술가가 혁명가이기도 했고 마찬가지로 의사가, 운동선수가, 소설가가, 시인이 혁명가이기도 했다. 무지한 시대가 인류에게 사명감을 주었고, 수많은 사람들이 집단지성을 쌓기 시작하며 자유와 평등을 위해 온몸으로 싸워 지금의 시대에 이르렀을 것이다.

지금은 많이 다를까? 어떤 것은 퇴보를 시작했고 어떤 것은 매우 앞서가고 있는 이 우후죽순의 시대 속에서 예술은, 예술가는 무엇을 해야 할까? 무엇을, 꼭 해야 하나? 그게 의도한다고 가능한 일일까? 예술이 세상을 위한다는 것이 말이 되는 걸까? 다들 개인의 행복과 안녕으로부터 시작하지 않나? 예술도 예술가가 행복하려고 하는 것 아닌가? 다른 무언가를 위해 내가 움직이고 있다는 것 자체가 좀 이상하지 않은가? 사실은 그 무엇인가를 위해 움직이는 나를 위해 내가 나를 움직이는 것이지 않는가?

수많은 질문 속에서 나는 다시, 나의 삶으로 모든 질문들을 끌어모은다. 한 개인이 부딪히는 것들이 바로 숙제가 되고 이야기가 된다. 궁금하고 필요하고 부딪혀보고 싶어서 탐구하는 것이 내가 가진 기술적 도구(대본을 쓰는 기술, 작창을 하는 기술, 전달하는 기술, 소리를 하는 기술)를 만나 작품이 되고 노래가 된다. 이것을 나눌 만한 것으로 만들려고 유머와 위트, 다정함과 해학을 잃지 않으려 힘을 쓴다. 사람들이나 평단의 반응은 역시나 궁금하고 무섭고 기대된다. 그러나 남김없이 힘을 쓰는 만큼 반응에 좀더 당당해진다. 아픈 건 아픈 거고, 나는 할 만큼 했으니까. 나의 예술은 그리 거창할 것이 없다. 애초에 작업의 목표에 이타적인 면이 없다. 남을 위해 무엇을 하는 것에 서툴기에 스스로 뻥을 치지 않는 데 온 힘을 쓴다. 열심히 사는 것에 대한 칭찬이나 응원은 감사하지만, 한 것에 비해 신격화

되면 무섭다. 그것이 나를 또 스스로 속이게 만들까봐 그렇다.

나를 대단한 주인공으로 두지 않으며 가꿔갈 수 있는 사명감에 대해 생각한다. 로키를 아끼는 만큼 동물에 대해 올바르게 사고하는 것, 동물들을 위해 할 수 있는 작은 실천들 같은 것을 스스로에게 제안해본다. 나와 주변 사람들의 건강과 안녕을 지키는 노력에 힘을 쓰자고 창작자인 내게 다짐한다. 건강한 신체와 정신에서 나올 스스로의 명제들이 이야기로 꽃피워져 작업으로 이어지기를 소망한다. 나의 사명감은 작다. 이기적이라 해도 어쩔 수가 없다. 각자가 할 수 있는 몫이 있을 것이고, 나의 몫이 이렇게 작은 것이다.

보이지 않는 축적

|||||||

보이지 않는 축적을 믿는다. 보이지 않는 곳에 서서히 쌓이는 것의 힘, 그것의 강함과 무서움을 안다.

보이지 않는 축적은 오늘 내가 순간적으로 꾹 참은 콜라 같은 것이다. 진짜 하기 싫었는데 억지로 내 몸을 연습 방에 쑤셔 넣은 딱 한시간 같은 것이다. 건너뛰고 싶었지만 결국 잘 차려 먹은 한끼의 식사다. 미운 말이 튀어나올 뻔했는데 그냥 따뜻한 말로 바꿔 건네고 끊은 엄마와의 전화다. 무심코 지나치고 싶었는데 자꾸 눈에 밟히는 어느 강아지 보호소에 보낸 후원금이다. 갑자기 생긴 좋은 식재료를 좋아하는 친구와 나누자니 재료 양도 애매하고 집도 좀 멀지만 '뭐 그래도 이참에 다녀오지' 하고 나서는 걸음이다. 진짜 움직이기 싫지만 눈 꼭 감고 펴는 요가 매트다.

이러한 순간들은 그저 순간일 뿐이지 내 기분을 엄청 나아지게 하지 않는다. 그래서 아무것도 아니라고 생각한다. 그러나 그렇게 축적된 것들은 매우 단단하고 깊숙하고 거대하다. 어느새 삶을 지금까지와 전혀 다른 곳으로 이끈다.

눈에 드러난 훌륭한 사람들의 이야기를 접할 때 그 이야기의 주인공이 혼자 얼마나 외로웠고 얼마나 스스로와 환멸 나게 싸웠을지를 상상한다. 한 사람의 이름이 그를 모르고 살아도 되는 누군가에게 가닿기까지, 얼마나 많은 시행착오와 의심과 포기와 버팀 그리고 훈련 사이를 오갔을지 상상도 할 수 없다. 이름의 주인이 보내온 시간들이 호수 한가득이라면 혹여 그 이름에 처음 관심을 갖게 되는 타인에게 그의 업적은 물 한바가지 정도일 것이다.

어려서는 알 수 없는 악한 마음으로 이름 있는 자들을 질투하고 의심했다. 언젠간 분명히 그들이 숨겨온 드라마틱한 반전이나 고발하고 싶은 허상을 마주할 것이라 기대했다. 저들은 그저 운이 좋았을 뿐이다. 삶은 가진 자에게 더욱 유리하게 기회를 주니까! 그런 악한 마음은 어디서 오는 것일까? 아마도 나는 괜한 피해의식이 있었던 모양이다. 살아오며 적어도 내가 만난 명성 있는 자들이 확인시켜준 것은, 이들 대부분이 과연 존경할 만한 사람들이라는 사실이었다. 오랫동안 묵묵히 갈고닦은 시간, 자신이 하고 있는 일에 대한 세인들의 무관심과 조롱과 그 흐름을 뒤바꿀 만큼의 실력 닦기, 그리고 적당한 때를 기다림. 또한 그들은 그때가 왔다고 가벼워지지 않는다. 계속해서 자신을 쌓아갈 뿐이다. '좋은 때'가 인생의 목표는 아니었기 때문일 것이다.

사람들은 눈에 보이는 어떤 사건 때문에, 어떤 순간의 결정 때문에 인생이 뒤바뀌고 사람이 무너진다고 생각한다. 눈에 보이는 그 순간이 너무 강력하니까. 하지만 좋은 쪽으로든 나쁜 쪽으로든 사실 인생을 바꾸는 건 삶의 이면에 쌓인, 보이지 않는 시간의 축적이다. 옳지 않게 쌓여버린 시간의 축적은 어느새 인간과 사회를 비뚤어지게 만들고 세대를 병들게 한다. 옳게 쌓인 시간의 축적은 그렇게 휘어지는 사회 속에서도 버티며 살아가다가 필요한 순간 빛을 발하는 단단함이 된다.

우리는 종종 겉으로 보이는 것에 깜빡 속아 넘어간다. 순간순간 쉽게 좌절하고 치욕스러워하고 우쭐하고 자만한다. 그럴 일이 아니다. 그 순간은 잠깐일 뿐이다. 그 모든 것을 전복하는 것이 지금 이 시간에도 계속 쌓이고 있는 보이지 않는 축적이다.

사람을 진짜 무너뜨리는 것은 어떤 하나의 사건이나 순

간이 아니라 쌓여온 어떤 작은 순간들의 집합이라고 늘 생각한다. 자신에게 무엇이 축적되고 있는지 알고 쌓아가는 사람들도 있고, 자신도 모르는 채 쌓아가는 사람들도 있다. 누군가는 평생 몸을 다스리고 기술을 연마하고 자기만의 가치관을 지키려 애를 쓴다. 누군가는 포기를 쌓아가고 의심을 늘려가고 획득된 확신 위에서 편협한 경우의 수를 쌓으며 인간 불신을 단단하게 만들어간다. 보이지 않는 것들은 그렇게 쌓여간다. 하얗고 검은 것들이 그렇게 쌓이면서 그 색을 더해간다.

좋은 것과 나쁜 것, 가까이하고 싶은 것과 멀리하고 싶은 것 모두에서 보이지 않는 축적은 소리 없이 큰일을 하고 있다. 소중한 사람들이 부디 나쁜 것보다 좋은 것이 한두개씩은 더 많이 쌓여가는 삶을 일구기를 바란다.

2부

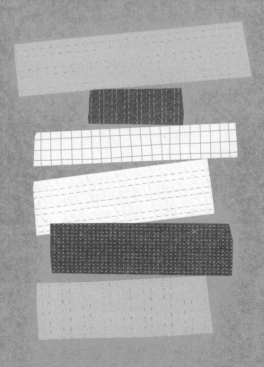

고향

|||||||

나는 서울에서 태어났다. 고향이 어디인지는 잘 모르겠다. 평생토록 왕십리 어느 병원에서 태어났다고 알고 지내왔는데 얼마 전 부모님이 그건 내가 아니라 첫째 딸이라고 했다. 졸지에 큰언니에게 태어난 곳을 빼앗긴 기분이었다. 뭐 태어난 곳은 그리 중요하지 않다. 어쩌면 유년 시절을 보냈던 신월동이나 화곡동 어딘가가 내가 태어난 곳일 수 있겠지만 꿈에도 종종 나오고 떠올리면 그리운 마음이 몽글몽글 올라오는 나의 고향은 초등학교 2학년 때부터 고등학교 시절까지 약 10년간 살았던 오래된 단독주택, 바로 그곳이다. 나의 정말 많은 것들이 그 집 구석구석에서 싹을 틔우고 꽃과 열매를 맺으며 계절을 맞았고 성장했다.

그 집의 대문은 네모난 철문이 커다란 직사각형 시멘트 덩어리를 머리에 이고 있는 형상이다. 나는 자주 철문 옆의 담벼락을 넘어 다녔는데, 담을 넘을 때면 가만히 벽 위에 선 채로 시멘트 덩어리 위를 바라보기도 했었다. 늘 빗물이 채 다 마르지 않아 정말 많은 이끼와 미생물들이 살고 있었는데 아마도 내가 보았던 것이 모기 유충들이 아니었나 싶다.

철문을 열면 문부터 현관 앞 계단까지 좁은 시멘트 길이 나 있고 왼편엔 작은 단풍나무가, 오른편에는 상추며 토마토, 고추, 가지 등을 키우는 텃밭이 있다. 안쪽에는 커다란 라일락 나무 한그루가, 그 맞은편에는 어느 한철마다 붉은 꽃들을 피워내는 커다란 꽃나무가 있었다. 라일락이 만개하는 계절이면 마당에 들어설 때마다 향기가 진동을 했다. 나는 종종 라일락 나무 옆으로 올라가 옆집 마당에 있는 개와 누가누가 이기나 서로 으르렁거리거나 짖곤 했다.

그 마당에서 항상 공연을 했다. 무대는 계속 바뀌었지만 관객은 비슷했다. 마당에 있는 모든 것들과 담벼락 너머로 길을 오가는 사람들이 관객이었다. 레퍼토리가 무엇이었냐고? 그날그날 눈앞에 있는 것에 따라, 그날그날 영감에 따라 달랐다. 칠 줄도 모르는 피아노 앞에서 위대한 작곡가가 된 양 마구 손 가는 대로 두드리며 가사를 읊었다. 나의 고뇌와 외로움과 멋짐을 노래했다. 그때 불렀던 노래들은 죄다 즉흥이어서 하나도 기억나지 않지만, 좋아하는 친구가 만든 노래가 기억난다. 혼자서도 자주 불렀던 노래다.

제목 없음

어린 시절의 친구

푸른 바다를 건너야 해
태평양을 건너야 해
맨손으로 헤엄쳐서 건너야 해
가는 도중에 가는 도중에
많은 물고기가 기다리고 있어
배고프면 배고프면 한마리 잡아먹었네
그래서 그래서 태평양을 건넜네

볕이 좋으면 뜨끈한 돌계단 옆 비스듬한 난간에 누워 리코더를 불었다. 리코더도 불 줄 몰랐다. 단 한곡도 멋들어지게 불 줄 아는 게 없었는데도 삑삑 불어대며 담 너머 관객들에게 뭐라도 들려주고 싶어했다. 음악이 안 되겠다 싶을 때는 이야기를 했다. 아무 이야기나 닥치는 대로, 떠오르는 대로. 관객은 시종일관 무반응이었지만 그래서 더욱 용감했다.

*

현관문을 열고 집 안으로 들어서면 바로 오른편에 우리집 딸 셋이 함께 쓰는 큰 방이 있다. 그 방에서 처음 해본 것이 정말 많다. 첫 글쓰기, 첫 판소리 연습, 첫 기절. 기절이 웬 말이냐고? 내가 주로 머무는 곳은 큰 방의 문틀 꼭대기였다. 다들 해보았지? 손과 발로 문틀 양옆을 턱턱턱턱 짚고 올라가기? 나는 문틀 올라타기 도사였다. 늘 턱턱턱턱 올라가 문틀 위에 머물러 있었다. 아빠는 문틀 사이에 철봉을 매달아주었다. 그래서 철봉과 문틀을 사용하여 머물기가 더욱 수월했다. 거기 매달린 채로 현관에 들어서는 가족을 맞았다. 가족들을 내려다보며 관찰하는 것이 늘 재미있었다.

문틀을 오르내리며 점점 몸집이 크고 무거워지던 어느 날 하교 후에 "다녀왔습니다!" 하며 가방을 벗고 여느 때

106

처럼 턱턱턱턱 올라갔다. 엄마는 부엌에서 설거지를 하며 "어, 왔어!" 하고 맞아주었는데 갑자기 쿵 소리가 나더란 다. "무슨 소리야?" 하고 아무리 물어도 대답이 없어 하던 설거지를 멈추고 나와 보니 내가 떨어져 있었다고 한다. 이제 내 몸이 커져서 더이상 나의 힘이 무게를 못 버티게 된 것이다. 얼마 지나지 않아 정신을 차렸지만 나의 문틀 유년기는 그렇게 기절로 한 챕터를 끝냈다.

기절의 문틀 바로 옆에는 책장이 있었다. 책장에는 다 양한 책들이 꽂혀 있었는데 내가 제일 좋아했던 책들은 세계문학전집이었다. 팔레스타인 동화집과 터키 동화집 은 아직도 디자인과 색깔이 기억난다. 먼 여행을 떠나는 랍비의 이야기들, 여행길에 만나는 신비로운 인물들은 언 제나 나를 그 사막으로 데려가주었다.

그 시절 어느 그리스 신화 시리즈 중에 인쇄 오류가 있 는 책이 한권 있었다. 재미있게 읽어가다가 엄청 뜨거워 졌을 때 약 네 페이지 정도가 아무것도 인쇄되지 않은 채 비어 있었다. 빈 곳을 건너뛰고 읽어나가려니 도저히 짜 증이 나서 견딜 수가 없었다. 이 네 페이지 사이에 무슨 일 이 벌어졌는지 알아야 그다음을 이어가는데 도대체 빈 페 이지들이 내게 해줘야 할 이야기들이 뭔지 알 수 없었다.

그 빈 페이지가 내게 작가가 되라고 명하고 있었다. 생애 첫 자발적 글쓰기는 바로 그 빈 페이지들이 열어주었다. 앞과 뒤를 이어 붙이면서도 뒤의 이야기들이 납득될 만한 사건이 필요했다. 조심스레 적어나가기 시작했다. 고쳐야 할 수도 있으니까 쉽게 지울 수 있는 샤프로 적었다. 촘촘하게 적다보니 칸이 많이 남아서 뒤로 갈수록 조금은 여유 있게 칸을 사용하며 적었다. 다 채워서 앞뒤를 연결해 읽어보니 꽤 그럴듯한 이야기가 제자리에 잘 들어가 앉은 듯한 기분이 들었다.

이 자랑스러운 첫 작업을 자랑하고 싶었다. 엄마는 바빴고 아빠는 이런 걸 나누는 대상이 아니었다. 가장 친한 작은 언니에게 보여줬다. 두근두근하고 자랑스러운 마음으로. 늘 내게 놀랍고 멋진 것을 소개하는 작은 언니가 쓱 읽고는 한마디 했다. "너 이거 베낀 거네!" 아니, 동생의 작가로서의 첫걸음에 겨우 한다는 말이 '베낀 거네'라니. 서운하고 억울했다. 아니라고 아무리 말해도 믿지 않았다. 자기가 어디서 본 내용이다, 거짓말하지 마라. '하… 거 진짜 안 믿네.' 억울하긴 했는데 한편으로 슬며시 기분이 좋기도 했다. '그렇게나 그럴듯하단 말이지?' 마음이 비밀스레 으쓱으쓱했다.

*

큰언니는 어려서부터 피아노를 잘 쳤다. 비좁은 집들을 이사 다닐 때도 업라이트 피아노가 꾸역꾸역 우리와 함께 지냈다. 언니는 늘 집에서 피아노 연습을 했다. 언니가 열정적으로 「월광」을 치면 나는 방바닥 모서리에 누워 달콤한 낮잠을 자곤 했다.

그 시절 피아노 옆에는 늘 검고 긴 라디오 겸 녹음기가 있었다. 집에 아무도 없고 권태로운 햇빛이 창문을 뚫고 들어오는 오후에는 혼자 녹음기에 테이프를 꽂고 동화책을 펴 읽어가며 녹음을 했다. 녹음이 한차례 끝나면 다시 되감아 들어보고 상상했던 것보다 너무 못 읽는다 싶으면 싹 지우고 다시 녹음했다. 얼마나 열심히 이야기를 했는지 모른다. 책을 읽다가 흥이 나면 이야기를 부풀리고 과장하고 덧붙이고 생난리였다. 그때 어렴풋이 배웠다. 실시간으로 느끼는 내 안의 발화와 바깥에서 들리는 녹음된 나의 발화가 차이가 크다는 것을. 나는 반복적인 녹음으로 그 차이를 좁혀보려고 애를 썼었다.

집에 종종 놀러오던 엄마 친구의 아들딸들이 있었다. 그들과 모이면 처음엔 조금 어색하다가 순식간에 엄청 재미있게 놀 것이 많았다. 뭘 하건 간에 서로 우르르우르르 모여 관심을 갖고 흥미로워하며 와글거렸다. 어느 날인가 또 반가운 친구들이 놀러왔다. 나는 그때 용이 불을 뿜는 동화책을 보고 있었는데 애들이 우르르 와서 "뭐 읽어? 우리한테 이야기해줘!"라며 이야기를 신청했다. '오, 녹음기가 아닌 살아 있는 대상에게 이야기할 시간이 와버린 거야? 그런 거야?'

갑자기 내 안에서 무언가가 용솟음쳤고 나는 이 기회를 양손에 꽉 잡아 내 것으로 만들고 싶었다. 재미있게, 더 재미있게 이들의 뜨거운 관심을 붙잡고 싶었다. 전심을 다해 이야기를 시작했고 친구들은 나를 중심으로 둘러앉아 눈을 빛내며 이야기로 들어오기 시작했다. 그들의 호기심 어린 눈동자는 이야기 엔진을 더욱 뜨겁게 달구었고 얼굴에 떠오른 기대들이 얌전하던 내 양손을 자유롭게 움직이며 이야기를 과장하게 만들었다. 이야기는 굽이굽이 용의 싸움과 위기와 승리로 나아갔다. 그날 그 방에 모였던 네댓의 작은 머리통과 방을 가득 메웠던 그들의 조용한 집중이 여전히 생생하다. 귀엽고 소중한 내 첫 관객들. 나의 첫 스토리텔링은 고향 같은 그 방에서 그 순간 시작되었다.

인생 첫 마스터

'||||||'

대부분의 소리꾼들에게는 인생에서 가장 큰 어른인 스승님이 있다. 소리를 구전심수해주시는 마스터, 나의 선생님. 어린 시절만 해도 한번 선생님은 영원한 선생님이요, 그 문하에서 다른 문하로 옮겨가는 선택이란 있을 수 없는 일처럼 여기곤 했었다.

나는 초등학교 3학년 때 선생님을 처음 만났다. 어린이 방송 프로그램에서 판소리를 배워 오프닝 공연을 하라는 방송국 프로듀서의 제안이 있었고, 당시의 나는 뭣 모르고 부모가 하라는 걸 하던 어린이였기에 그날도 그저 방송국 분장실에 갔을 뿐인데 난데없이 판소리를 배웠다.

분장실 한가운데 널찍한 소파가 마주 보고 있었고 웬 아저씨가 낮은 테이블 위에 북을 올려놓고 소파에서 일어서며 방송국 프로듀서와 뒤따라오던 부모님에게 인사를 했다. 어른들은 나를 그 아저씨의 맞은편에 앉혔다. "아가, 니가 예솔이여? 자 따라 혀봐. (쿵, 척!) 짜증은 내여서 무엇 하나." 낯선 아저씨가 갑자기 버럭 소리를 지르듯 이상한 노래를 해 정말이지 깜짝 놀랐다. "으이? 놀랜 토끼맨시 입을 꾹 닫네. 혀봐, 응? (쿵, 척!) 짜증은 내여서 무엇 하나."

나는 그 노래가 너무 부르기 싫었다. 못생긴 노래였다. 목소리도 이상해. 아름답지도 않고 울퉁불퉁한 노래와 목소리였다. "아, 여 고집이 보통이 아니네그려. 자, 혀봐. 살살 혀봐." 아저씨는 계속 쿵, 척 하고 북을 치며 내게 소리를 따라 하라고 했다. 불도저처럼 밀고 들어왔다. 한 30분쯤 그랬을 것이다. 아저씨는 나를 대단한 고집불통이라 하셨지만 나 역시 속으로 대단한 고집쟁이 아저씨라 생각했다. 도대체 지치는 기색도 짜증내는 기색도 없었다. 내 입에서 소리 나오기만 흐뭇하게 기다리는 그 아저씨와 그렇게 30분을 보냈다.

그 30분이 흐르는 동안 나의 눈과 마음이 점점 눈앞에서 소리를 내며 나를 어르고 달래는 이 사람의 매력에 초점을 맞추기 시작했다. 무슨 마법을 썼는지 몰라도 이 어른의 소리에 나는 서서히 홀렸다. 저 소리를 내야만 할 것 같았고 기왕 내는 거 똑같이 내고 싶었다. 못 이기는 척 한번 따라 해보았다. "짜증은 내여서 무엇 하나." "오호호호호, 옳제 옳제! 그다음도 혀볼까? 성화는 바쳐서 무엇 하나." "성화는 바쳐서 무엇 하나." "옳제, 아 잘허네!" 그거 조금 따라 했다고 그렇게 오호호호 웃으며 기뻐하는 어른에게 내 마음의 문이 스르륵 열리는 것을 느낄 수 있었다.

결국 그렇게 한곡을 다 배워 부르기를 세번 정도, 방송 3회차까지 함께한 후로 그 코너는 아쉽게도 사라졌다. 그리고 그 어른은 내 부모님께 제안을 했다. "나가 아직 제자를 안 맨들고 있지만 혹시 아가 소리 가르쳐볼 생각 없습니까. 소리를 하면 아주 대성할 목을 타고난 듯해서 내가 아까워서 그라요." 부모님은 오로지 내 의사에 맡겼다. 나는 너무도 당연한 마음으로 그분의 첫 제자가 되기로 했고 그렇게 그 어른은 나의 선생님이 되었다.

*

우리 집은 목동이었고 선생님 댁은 사당동이었다. 122번 버스를 타고 영등포역으로 가면 88-1번 버스를 타고 사당동까지 갈 수 있었다. 사당동 정류장에 내려 언덕 위로 10분 정도 걸어 올라가면 연립주택이 나오는데 그 주택의 안방이 바로 선생님의 레슨 장소다. 주로 오후 5, 6시 사이에 도착하면 선생님은 늘 「동물의 왕국」을 보며 눈물을 훔치고 계셨다. 내가 들이서면 언제 눈물을 흘렸었냐는 듯 에헴에헴 하며 자세를 잡으셨는데 붉어진 눈시울은 선생님도 어쩔 도리가 없었다.

언젠가 선생님 댁에 도착하니 사모님과 함께 드시려고 치킨을 시켜놓으셨다. 선생님과 사모님 덩달아 나까지 셋이서 치킨을 맛있게 먹고 레슨을 받은 적이 있다. 그날 선생님은 레슨 도중 연거푸 말씀하셨다. "아따, 이놈이 맛있는 것을 먹여노응께 소리를 야무지게 하네. 앞으로 자주자주 먹여야 쓰겄네. 어허허허허." 참 기분 좋고 맛있는 날이었다.

목동에서 사당동을 오간 지 2년째 접어들었을 즈음부터였다. 멋모르고 선생님과 선생님의 소리에 끌려 판소리 사사를 시작했던 처음과 달리 슬며시 그 긴 여정이 지겹고 멀고 지루하고 싫었다. 긴 여정만 싫은 것이 아니었다. 선생님 댁에 들어서서부터 나오기 전까지의 그 공기. 문밖의 세상과 다른 듯한 공기도 점차 답답했다. 내가 아는 세상의 공기는 내 피부에 붙어 있는 익숙하고 편안하고 자유로운 공기였는데 선생님 댁 안의 공기는 어딘가 무섭고 답답하고 칙칙했다.

내 일거수일투족이 끊임없이 관찰되어 제재를 받는 듯

한 느낌도 불편했다. 실제로 강압적인 것은 없었는데도 나는 그런 분위기를 느꼈다. 선생님과 사모님 앞에서는 늘 걸음 소리조차 내지 않으려고 애를 썼다. 그저 열심히 소리를 잘하는 모습을 보여드리고 얼른 다른 실수를 하기 전에 그 집을 나오는 것이 나의 최선이었다. 소리 배우러 가기 전까지의 발걸음은 항상 엄청나게 느렸고 배움이 끝나고 돌아 나오는 발걸음은 여유롭고 경쾌했다. 종종 너무 가기 싫은 나머지 괜히 가장 친한 친구를 붙들고 늘어지기가 일쑤였다. 오죽 거머리처럼 친구 바짓가랑이를 붙들었던지 그 친구가 고개를 저으며 가끔 그 먼 길을 함께 가주기도 했었다.

지금도 가끔 꿈에서 그 사당동 언덕길을 서성인다. 하염없이 버스를 기다리거나 버스를 잘못 올라타거나 정류장 위치가 틀려 헤맨다. 몇년을 다녔는데도 그렇게나 낯선 기억의 거리. 사계절 내내 다녔을 텐데 늘 겨울로만 기억나는 거리. 몇년 전 그 앞을 지나며 열심히 그때의 흔적을 찾아보았으나 이미 너무 다른 곳이 되어 있었던 그 거리엔 이제 선생님도 계시지 않고 그때의 스산함도 없다.

*

선생님은 타인에게 그리 다정한 분이 아니다. 한평생 오로지 사모님만을 사랑하고 사모님 말만 들으며 두분 사이에서 태어난 자식들을 열심히 건사하며 살아오신 지고지순한 사랑꾼이셨다. 그러한 선생님이기에 다정함을 기대한 적은 단 한번도 없다. 선생님은 나에게 딱히 감정적인 뭔가를 표현하지 않으셨고 그래서 나 역시 어려울 것이 없었다. 말씀에 어긋나지 않으면 되었고 소리를 잘하면 기뻐하셨다. 바라시는 것은 오직 하나, 소리 잘하는 것이었다.

공연을 준비할 땐 나를 북 앞에 세워놓고 "여기서 오른손 올려서 멀리 찍어라, 머리를 쓸데없이 흔들지 마라, 소리를 할 때는 보기에 좋아야 한다, 여기는 방자가 나가는 대목이니 발이 가벼워야 한다, 이 대목은 춘향이가 충격을 받았으니 주저앉아야 한다" 등을 일러주셨다. 모든 가르침이 재미있었다. 어떻게 표현하면 좋을지를 너무 시원하게 알려주셨다. 나는 선생님과 똑같이 하고 싶었다. 열심히 선생님을 흉내 내었다. 소리도 숨도 몸짓도 표정도.

정확히 여덟시간 「춘향가」 완창 날의 인터미션 때였다. 네시간을 내리 소리하고 무대 상수에서 하수로 걸어가던 무대 뒷막 통로에서였다. 어두컴컴한 통로 중간 즈음에서 더듬더듬 분장실로 가고 있는 나를 막아선 것은 다름 아닌 선생님이었다. "아가 잘했다" 하시더니 말없이 꼬옥 안 아주셨다. 생애를 통틀어 단 한번이었다. 아무도 모른다. 거짓이라고, 그럴 분이 아니라고 우기면 할 말이 없다. 정 말 아무도 없는 그 무대 위에서 기쁨과 벅참, 그 외에 내가 형언할 수 없는 수많은 감각들이 순식간에 나의 세상을 휘몰아친, 짧고 강렬했던, 아주 잠깐의 순간이었다. 누가 자꾸 나더러 꿈이었을 것이라고 세뇌하면 '아, 꿈이었나?' 라고 기억을 재구성할 만큼 나 역시 믿어지지 않는, 참 비 밀스럽고 감동적인 순간이다.

*

내가 본 선생님의 마지막 무대가 생각난다. 정동극장 이었다. 맨 뒷줄에서 뿌듯한 마음을 안고 보았다. '흐흐흐, 우리 선생님이지롱.' 사람들은 언제나 그렇듯 선생님의 소 리에 박수와 추임새로 화답했다. 헌데 그날은 무언가 이 상했다. 선생님께서 엄청 자주 하시는 대목이었는데도, 선생님이 자꾸 위태위태해 보였다. 무엇인지는 모르겠다. 가사와 가사 사이에 틈들이 있었다. 기포가 생기는 것처 럼 그 틈들이 벌어질락 말락 하는 느낌이었다. 에이, 선생 님 왜 그러시지. 왜 그러실까. 그날 엄마를 통해 들었다.

선생님께서 학부형 한분께 "나가 요즘 오줌에서 피가 비치요"라고 말씀하셨다는 걸.

선생님께서 병원 중환자실에 계신다는 연락을 받은 것은 그 공연이 있고 얼마 후였다. 그 무렵 선생님의 거처는 서울의 사당이 아닌 전라북도 전주였다. 국립창극단에서 늘 이몽룡이나 심봉사, 홍보와 같은 주역을 도맡으시던 선생님께서 돌연 전주의 도립국악원장 자리를 택하셨다. 그때 나는 대학생이 되어 전주로 자주 찾아뵙지 못했었는데 가끔 선생님을 만나면 전과 달리 머리에 포마드도 바르시고 멋진 양복도 항시 입으셨던 것 같다. 그렇게 새로운 시작을 한 듯한 선생님이, 이제 뭔가 다른 느낌의 어른이 되고 계시는 것 같았던 그 시절에, 다른 전개가 수없이 많을 상황에서, 그렇게 진행되면 안 될 것 같은 단 하나의 시나리오, 중환자실에 누워 계신다고 했다.

병원에 달려갔을 때 선생님께서는 나를 알아보셨다. 놀란 내게 "선생님은 괜찮혀. 얼른 수술하고 일어나야 올가을에 나가 그토록 기다리던 문화재를 인자 받는 거니께 금방 나슬란다"고 말씀하셨다.

얇은 옷을 입던, 그러나 밤바람은 쌀쌀한 계절이었다. 나는 교내의 어느 허름한 컨테이너 합주실에서 사람들과 밤을 지새우며 공연 연습을 하고 있었다. 한창 연습을 하고 있던 그 늦은 시각에 전화가 한통 왔다. 엄마였을 것이다. 아니, 아빠였을까? 사실 아무것도 기억나지 않는다. 수화기 너머 누구인지 모를 사람이 내게 말했다. "지금 전주로 가자." "왜요, 이 새벽에?"

"선생님이 돌아가셨다."

산 공부

　목동과 사당동을 오가던 초등학생 때, 선생님과 사모님께서 '산 공부'를 가자고 하셨다. 소리꾼은 산에 들어가 수련하는 시간을 가져야 하고 그것을 산 공부라고 한다며 산 공부의 필요성에 대해 입을 모아 말씀하셨다.

　당시 선생님의 제자는 나와, 청학동을 처음 만드신 분의 막내아들, 눈이 크고 늘 선생님께 꾸중을 듣던 나보다 어린 남자아이, 지금은 무엇을 하는지 모르는 젊은 청년 삼촌들 둘, 역시 지금은 소리를 하는지 소식을 모르는 나보다 한두살 어린 여자아이. 이렇게 채 열이 안 되는 단출한 숫자였다. 사당동에 매주 두번씩 수업을 받으러 갔었다고 해도 내 수업 시간 말고는 일단 빠져나오기 바빴기에 다른 제자들이 존재한다는 것도 산 공부 들어가서 처음 알게 되었다.

열두살 생애 처음으로 한달이라는 긴 시간 동안 집을 떠나 있게 되었다. 산 공부 합숙소는 지리산 청학동에 있는 ㄱ자 초가집이었다. ㄱ의 머리 쪽에는 선생님이 묵으시는 방을 포함해 작은 사랑채가 있었고, 모서리에 이어지는 부엌을 지나 아래쪽에는 네개의 방이 차례로 이어져 있었는데 그중 중간 방이 나와 어린 친구의 방이었다. ㄱ자 끄트머리의 마당 구석에는 두칸짜리 재래식 화장실이 있었고 마당에선 마을 입구와 옆 산이 내려다 보였다.

재래식 화장실은 낮에는 그냥 더럽다 싶은 정도였지만 밤이면 무서워서 도저히 갈 수 없는 곳이었다. 저녁에 제자들끼리 괜한 귀신 이야기를 도란도란 하고 나면 오줌이 마려울 때 정말이지 울고 싶은 심정이 됐다. 화장실은 두 칸이 같은 지붕으로 이어져 있어 가운데 벽만 있지 사실상 같은 공간이었다. 한 친구는 화장실에서 볼일을 보던 중 선생님께서 옆 칸에 들어와 "큼, 걱정 말고 편히 싸라" 하시는 바람에 안 그래도 있던 변비가 더 심해졌다고 울상을 짓기도 했다.

청학동의 산 공부를 돌이켜보면 몇가지 즐거운 기억이 떠오른다. 엄마가 생각날 때면 동네 공중전화까지 달려가 전화를 하곤 했는데 그 전화기 머리 위 지붕 아래 큰 말벌집이 있었다. 새하얀 생크림을 돌돌 짜놓은 것처럼 아름다운 그 말벌집에는 새카맣고 커다란 말벌들이 늘 바삐 주변을 날아다녔다. 말벌에 쏘일까봐 무서운 마음보다 엄마한테 전화하고 싶은 마음이 더 컸으므로 주저 없이 종종 전화기를 향해 달려갔었다. 산 공부를 들어간 지 일주일째 엄마에게 전화를 걸었다. 엄마의 목소리가 "여보세요" 하기에 반가운 마음으로 "자람이네 집이죠!"라 물었더니 글쎄 엄마가 "자람이 지금 집에 없다"라고 하는 거 아닌가. "엄마! 나야!" "어?" "나야, 자람이!" "어머나 너 목소리가 왜 그래. 아이고, 엄마는 너 찾는 남학생인 줄 알았어"라며 깜짝 놀라셨다. 한번도 쉰 적 없는 내 목소리가 산 공부 일주일 만에 콱 쉬어버려 변성기 맞은 남학생 목소리처럼 변했던 것이다. 엄마는 두고두고 그때 이야기를 하며 내 목소리가 달라진 것일까봐 마음을 많이 졸였다 말하곤 한다.

한번은 친구와 북을 들쳐 메고 멀리 계곡 너머까지 나갔다가 갑자기 비가 쏟아지는 바람에 계곡 물이 줄어들 때까지 주변 산장에서 기다리게 되었다. 다행히 마음씨 좋은 주인이 있는 산장이었다. 양파와 호박을 가득 썰어 넣은 라면을 끓여주며 계곡이 언제쯤 안전해질지 계속 보아주었다. 비가 멈추고 계곡 물살이 잦아들어 숙소로 돌아갔을 땐 우리가 사라져서 비상이 걸린 상황이었다. 그날 친구와 나는 마당 한가운데서 무릎을 꿇고 한시간 넘게 엉엉 울며 선생님과 사모님께 빌었다. 다시는 멀리까지 가지 않겠노라고 말이다. 그날은 얼굴이 눈물범벅이 되어 잠들었다.

그중에서도 기억 속에 가장 아름답게 남은 장면이 있다. 산 공부를 시작한 지 2주 정도 지난 어느 날이었다. 저녁 식사 후 노을 질 녘, 평소엔 윷놀이를 하던 멍석에 모두를 모아놓고 선생님이 말씀하셨다. "꿈 가운데(「춘향가」 가장 앞부분)부터 쭉 혀봐. 자기 배운 데꺼정 혀봐. 다 혔으면 남 허는 거 듣고 앉었으면 되고." 스승님이 제자들에게 전수 중인 동초제 「춘향가」는 처음부터 끝까지 부르면 여덟 시간이 넘게 걸린다. 선생님과 사모님이 주변을 서성이다가 차를 마시다가 하시는 가운데 다들 멍석에 둘러앉아 삐약삐약 고래고래 합창을 했다. 입을 모아 소리를 하는 동안 하늘에는 노을 대신 하나둘 별이 뜨기 시작했고 옆에서는 모기를 쫓는 불이 타닥타닥 소리를 냈다.

합창을 시작한 지 몇시간이 지났을지 모르겠다. 아마 그리 긴 시간은 아니었을 거다. 대부분이 초보자 학생 소리꾼들이었으니 진도가 많이 나간 사람은 없었을 것이다. 한시간이나 두시간 정도 흘렀을까. 첫 제자답게 마지막까지 남은 사람은 나였다. 처음 말씀하신 대로 끝까지 부르려면 아직 혼자 두시간은 더 불러야 했다. 어쩌지 하는 마음으로 소리를 계속 이어가고 있는데 홀로 한 장단 정도 더 부르고 나니 선생님께서 말씀하셨다. "인자 되얏다. 다들 열심히 배워야 저만큼 배운다."

어느새 하늘은 검고 별이 가득했다. 모기를 쫓던 장작불은 어느새 작아져 소소소— 하며 타고 있었고 사람들은 자리를 털고 하나둘 자신의 공책을 챙겨 일어났다. 나는 괜히 으쓱하기도 했고 무안하기도 했다.

그놈의 바지 점수

'||||||'

첫 대회는 동아국악콩쿠르였다. 내가 판소리를 배운 지 고작 8년밖에 안 된 풋내기라는 것을, 처음 대회에 출전한 고등학교 2학년 때 알게 되었다. 왜 세상에는 늘 무림의 고수가 있으며 그들은 그렇게나 무시무시한 존재들일까. 어른들이 말해주는 무림의 고수들은 늘 신화적 존재였고 그들과 대회를 함께 서는 것 자체가 부담이었다. 그런데도 대회에 나갔다. 정확하게는 대회에 나가도록 등 떠밀렸다. 나의 선생님과 사모님에게 나의 부모님에게 그리고 나 스스로에게.

대회에 참가하는 과정에서 처음 알게 된 단어가 '바지 점수'다. 바지 점수란 남성이 여성보다 점수를 더 많이 받게 되는 게 당연한 풍토를 가리키는 단어다. 하필 소리 잘하기로 유명한 남학생과 같은 대회에 출전했고 나는 2등을 했다. 1등은 그 남학생이었다. 어른들은 내 앞에서 "그놈의 바지 점수가"라는 말로 나를 위로했다. 헌데 말이다, 내가 보기에 그 남학생은 진짜로 소리를 잘하는 무림의 고수였다. 판소리 세계에서는 완전히 서울 촌뜨기인 내가 그 친구 뒤를 이어 2등을 한 것도 참으로 감지덕지한 마음이 들었다. 그 친구는 바지 점수라는 말 때문에 오히려 억울할지도 모른다. 바지 점수가 없어도 충분한 실력을 가졌으니 말이다.

바로 다음 해에 전주대사습놀이에 출전했다. 선생님은 자신의 첫 제자가 전주대사습놀이 대회에 나간다는 사실에 굉장히 긴장하셨다. 이번 대회에 또 엄청난 무림의 고수가 나온다고 했다. 선생님의 큰스승님이 키워온 어린 제자인데 큰스승님과 판박이로 소리를 한다는 친구였다. 선생님은 하필 이번 해에 그 친구가 나오다니 안타깝다며 발을 동동 구르셨다. 그 녀석이 예선에서 탈락해야 안전할 텐데, 라는 말을 수도 없이 주문처럼 되뇌셨다.

나는 이미 진 기분이었다. 남의 동네에 낙하한 이방인이 된 기분으로 전주 땅에 발을 디뎠다. 잔뜩 주눅이 든 채 예선 무대에 섰다. 소리하고 싶은 마음이 들지 않았다. 얼른 해치우고 도망치고 싶었고 남의 잔치에 끼인 기분을 그만 느끼고 싶었다. 동시에 그 전설의 친구가 소리하는 모습이 너무 궁금했다. 어떻게 소리를 하면 선생님이 그런 이야기를 하는 걸까? 아무래도 두 눈으로 보고 싶었다. 내 소리를 마치고 얼른 객석으로 가서 훔쳐보는 기분으로 그 친구의 무대를 구경했다. '잘한다. 정말 잘한다. 근데 나도 조금만 더 하면 저 정도 해낼 수 있을 것 같은데. 어떤 차이가 그렇게나 큰 거지? 왜 내가 저 친구에게는 안 된다는 건지 알려주시면 안 될까?' 여러가지 마음이 오갔다. 왠지 서글펐다.

선생님이 주문처럼 외던 말이 사실이 된 듯 그 전설의 친구는 정말로 예선에서 떨어졌다. 무슨 일일까? 선생님이 마법이라도 부린 걸까? 나는 본선에 진출해 전국으로 송출되는 생방송에서 심청이 물에 빠지러 가는 '북을 두리둥' 대목을 부르고 1등을 했다. 1등 소식에 선생님은 누구보다 가장 기뻐하셨다. 상을 받고 무대에서 내려오자마자 사방에서 기자들이 몰려들었다. 어느 기자가 내게 수상 소감을 물어왔을 때 옆에 계시던 선생님은 그 기자에게 "어이, 스승이 난께 내 취재도 좀 해야지!" 하며 농담 반 진담을 건넸다. '아는 사이시구나' 생각하던 차에 그 기자가 "어허, 뭐라고 적으라고? 자기 제자 심사 직접 해서 상 받았다고 적으라고?" 하며 비아냥거렸다.

그런 거였나. 선생님이 직접 심사를 하며 공정치 못한

점수를 매겨 내가 1등을 한 걸까? 차마 물어볼 수 없었다. 나는 이 상이 내 실력으로 받은 건지 어른들의 정치로 받은 건지 알 수 없었고 믿을 수 없었다. 전혀 기쁘지 않았다. 잘못한 것이 없는데 숨고 싶었다. 빨리 전주를 떠나고 싶었다.

후에 선생님의 당부로 심사위원 중 한분이셨던 명창 선생님 댁에 감사 인사를 드리러 갔다. 그게 예의라고 신신당부하셨다. 명창 선생님 댁에 갔을 때 그분이 말씀하셨다. "아니 본선에서 소리를 그렇게 잘할 거였는데 예선에서는 왜 그랬을까. 역시 어느 대목을 고르느냐가 참 중요하다니까." 그 말씀을 듣고 깨달았다. 내가 예선에서는 소리를 못했구나. 그나마 다행히 본선에서는 잘해냈구나. 부끄러움에 숨고 싶었다. 혹 내 1등의 비밀을 이 명창 선생님은 알고 계실까.

그 댁 문을 나서며 생각했다. 나의 예선과 본선 무대가 왜 그렇게 차이가 났을까. 정말로 대목을 잘못 골라서였을까? 혹은 넘어설 수 없는 누군가와 겨뤄야 하는 사실이 너무 무거워 도망가고 싶었기 때문이었을까? 나는 왜 창피한 것일까? 이 오명의 감각을 어떻게 씻어야 할까? 나의 찬란한 학생부 장원은 미심쩍은 마음의 얼룩을 남겼다. 전혀 자랑스럽지 않았다.

*

　같은 해 나는「심청가」네시간 완창을 했고 2년 후인 1999년「춘향가」여덟시간 완창을 해냈다. 나를 애지중지 키우다시피 해주신 첫번째 스승님이 여덟시간 완창 다음 해에 작고하신 뒤 나는 그분의 스승님이셨던 큰스승님 수하로 들어가 판소리 공부를 이어갔다. 완창으로 소리꾼 능력을 증명한 셈이었지만 여전히 내게는 전주 대회가 남긴 마음의 얼룩이 있었다.

　문득 스스로 증명하고 싶었다. 그간 갈고닦은 실력이 무림의 고수들 사이에서 어느 정도 인정을 받을 수 있을지 궁금했다. 생각도 하기 싫어했던 대회 출전을 다시 고려해보았다. 인간문화재이신 두번째 스승님은 워낙 큰 인물이라 수많은 뛰어난 제자들이 있었고, 선생님께서는 내가 대회를 나가는 것도 별다른 일이 아니었다. 뒤에서 입김을 불어줄 스승님도 없으니 오로지 나 혼자 대회 출전을 신청하고, 참가하고, 결과를 받아들이면 되는 상황이었다. 그래, 해보자. 큰 용기를 내어 다시 전주 땅을 밟았다.

　대회장의 대기실이 기억난다. 온통 처음 보는 사람들 사이에서 주눅 들지 않으려고 부단히 집중하던 차에 문을 열고 낯익은 얼굴이 나타났다. 전주대사습놀이 학생부 대회에서 만났던 사람이었다. 소리를 참 곱게 잘하는 사람이었는데 그를 여기서 또 만난 것이다.

그는 들어오자마자 분장실에서 멋들어지게 목을 풀었다. 그의 눈빛과 몸은 확신을 갖고 있었다. 부러웠고 멋져 보였다. 다른 참가자들에게 어떤 곡을 준비했느냐고 묻더니 자신의 앞 순서 사람이 자신과 같은 대목을 부른다는 말을 듣고 기세 좋게 대목을 바꿔서 연습했다. 깜짝 놀랐다. 대회 직전에 준비한 대목을 바꿔도 될 정도로 모든 대목이 철저하게 연습되어 있다는 자신감. 마음이 또 주눅 들려 했다. '괜찮다. 준비한 것만 잘하고 가자.' 가까스로 집중했다. '주눅 들면 나만 손해라는 것을 학생부 대회에서 혹독하게 배우지 않았는가. 할 수 있는 만큼만 하고 가자.'

그날 나는 1등을 했다. 그 친구가 분장실에서 대목을 바꾸지 않았더라면 결과가 뒤바뀌었을지도 모른다는 생각에 아찔했다. 그러나 그 아찔함을 넘어서는 기쁨이 있었다. 내 스스로에게 1등 할 자격이 있다고 증명해낸 기쁨. 지금처럼 연습하며 뚜벅뚜벅 걸어가면 다른 소리꾼들에게 주눅 들지 않고 떳떳하게 소리할 수 있을 것이라는 확신을 얻었다. 해묵은 찝찝함은 드디어 해소되었고 그것이 진심으로 기뻤다.

인생 두번째 마스터

|||||||

첫 스승님이 돌아가신 후 나는 한동안 소리를 그만두었다. 연습실에 앉아 입을 벌리면 눈물부터 왈칵 쏟아져서 도무지 소리를 할 수가 없었다. 1년이 지난 어느 날 오후 음대 연습실에서 멍을 때리고 있는데 전화벨이 울렸다. 화면에 돌아가신 스승님의 큰스승님 존함이 떴다. 가슴이 철렁하고 내려앉는 기분이었다. 마음속에 오래 버티고 서 있던 커다란 철문이 끼익 쿵 쿵 소리를 내며 움직이는 기분이었다. 벌벌 떨면서 전화를 받았다.

"이제 소리 다시 해야지."

그 한마디에 용왕님께 어명을 받은 기분으로 바로 익산으로 달려갔다.

*

큰스승님은 동초제의 대모로 불린다. 동초제東超制는 동초 김연수 선생님이 1930년대 초 여러 명창의 소리 중 좋은 대목들을 골라 새롭게 구성한 것으로, 각 바탕의 빼어난 대목들을 모아놓은 만큼 다른 제보다 길이가 훨씬 길다. 동시에 장단 구성이 까다롭기로도 유명해서 고수들에게는 '고수 잡는 제'라고도 불린다.

큰스승님은 동초 김연수 선생님의 수제자였다. 예전에는 주머니 사정이 어려운 소리꾼들이 수강료 대신 스승을 곁에서 모시고 집안 살림을 하며 소리를 전수받곤 했는데, 큰스승님께서도 오랜 시간 동초 김연수 선생님을 극진히 모시며 다섯 바탕을 전수받으셨다. 동초 김연수 선생님은 어마어마하게 호랑이 같은 분이었다고 했다. 보통 깐깐한 분이 아니었는데 그 밑에서 유일하게 끝까지 버텨낸 제자가 큰스승님이다. 동초 선생님이 돌아가신 후에도 큰스승님은 집에 선생님의 사진을 모시고 멀리 외출하고 돌아온 뒤에는 가장 먼저 문안 인사를 올리곤 했다.

큰스승님은 성음聲音이 얼음장처럼 맑고 높은 데다 발음이 정확하고 장단의 엇붙임이 뛰어나며 이면을 잘 살리는(이야기 겹겹이 담겨 있는 여러가지 해석을 잘 살려 그것을 소리로 표현한다는 뜻의 판소리 용어) 무대 매너까지 갖추어 무대마다 관객들의 열광적인 사랑을 받았다.

종종 들었던 일화가 있다. 소리와 성음이라면 당대 으 뜸이었던 어느 명창과 큰스승님은 자주 한 무대에 서셨다 고 한다. 그 명창도 늘 가히 뜨거운 무대를 만드셨는데 큰 스승님의 무대 열기가 어찌나 어마어마했는지 관객의 반 응이 박빙으로 뜨거웠다고 한다. 큰스승님이 성음보다 무 대 매너로 인기를 얻는다 생각한 명창은 큰스승님의 무 대 후에 "소리꾼이 무대 위에서 그리 바지를 내리면 당연 히 인기를 얻지"라고 핀잔을 주었다고 한다. 판소리 또한 즐기는 이의 취향에 따라 호불호가 갈리는 예술이니 맞고 틀린 답은 없다. 이 일화로 알 수 있는 것은 큰스승님이 소 리뿐 아니라 좌중을 휘어잡는 놀라운 연기력과 매력을 겸 비한 소리꾼이라는 사실이다. 동초제가 명성을 유지하고 이름이 나고 현재까지 수많은 후학이 있는 이유는 큰스승 님의 놀라운 활약과 기술, 무대 장악력 때문일 것이다.

*

큰스승님의 수업 장소는 일하는 할머니와 두분이서 살 고 계시는 큰스승님 댁이었다. 크고 하얗고 추운 느낌의 단독주택이었는데, 문턱이 닳도록 언제나 손님이며 제자들의 발길이 끊이지 않았고, 공부하러 오는 제자들은 더러 2층에서 몇주씩 숙박을 하기도 했다. 1층의 현관문을 열고 들어서던 순간이 아직 선명하다. 문간에는 늘 과일 박스나 한약 박스 혹은 판피린 박스 들이 쌓여 있었고, 거실을 들어서면 곧바로 벽에 걸려 있는 커다란 동초 김연수 선생님의 초상화가 눈에 들어온다. 초상화 아래에는 큰스승님의 북이 방석 위에 놓여 있다. 큼지막한 거실 창문 밖에선 햇살이 들어오는데 방 안의 공기는 데워지지 않는 느낌이었다. 햇살과 아무 상관없는 듯한 실내의 공기.

사당동을 오갈 때도 선생님 댁에 들어서는 순간 세상으로부터 단절된 곳에 들어간 느낌이었는데 익산도 마찬가지였다. 시간이 흐를수록 익산을 오가는 내가 누구인지 점점 헷갈렸다. 대문을 들어서면 SF 소설에서 봤던 차원 이동이라도 한 것처럼 왠지 전화도 안 터질 것 같고(물론 전화는 잘 터졌다) 다정한 사람들과도 헤어져야 하는 멀고 먼 장소로 뚝 떨어져 들어가는 기분이었다. 속하지 못하고 속할 수 없고 속하기를 원하지도 않는 낯선 장소로 말이다.

왜 그런 감각이 들었을까? 큰스승님이 너무 무서워서? 그렇다기에는 밤마다 큰스승님 어깨와 팔을 주무르며 애잔함을 느꼈었는데? 어쩌면 나는 스승님들 앞에서 다른 인격으로 존재하며 소리 기술을 배웠던 것일까? 만약 정말로 내가 다른 자아로서 선생님들을 만나왔다면 왜 그런 선택을 했을까? 선생님들께 보여주지 않고 숨겨둔 나는, 과연 그리도 불량했을까? 무슨 죄라도 지었을까? 선생님들 집 안에 머물던 나도 나였을까? 스승님들이 너무도 커다랗고 어려운 나머지 그저 안전하게 두꺼운 막을 치고 나를 드러내지 않기로 했던 것일까? 그럼 스승님들은 온전한 나를 만난 것이 아니었을까?

익산 땅을 밟는 순간부터 사방에 감시카메라가 있는 기분이었다. 큰스승님 댁에 머물며 바짝 소리 전수를 받을 때엔 2층 방에 혼자 있는 순간조차도 흐트러지지 않으려고 했다. 어떤 이유로도 혼나기 싫었다. 혼나는 게 대체 무엇이었을까. 소리를 못해서 혼이 나면 연습을 하면 되는 것이고, 청소를 깨끗이 하지 않아서 혼이 난다면 다시금 깨끗이 닦아내면 되는데. 큰스승님께서는 단 한번도 내게 호통을 치신 적이 없다. 오히려 이렇게 물으셨다. "자람이는 참 흠잡을 데가 없구나. 밖에서도 그리 행실하느냐, 내 앞에서만 그러느냐?"

내가 그리도 조심했던 이유는 아마도 선생님 주변의 수많은 눈과 입이 무서워서가 아니었을까 싶다. 스승님께 혼나는 것보다 모르는 이들에게 미움받는 것이 무서웠다.

도처에 크고 작은 전쟁이 벌어지는 것 같았다. 무슨 일들이 일어나는지도 모르고 이렇다 할 사건도 없었는데 그렇게나 그 세계가 무서웠다. 나는 이미 어려서부터 눈에 띄었으니, 가장 낮은 포복으로 눈에 띄지 않고 살고 싶었다. 얼른 모든 소리를 다 배워서 이 세계에 발을 디디지 않아도 되는 때가 오면 좋겠다고 생각했다. 오로지 큰스승님을 마주하고 소리를 전수받고 조심스레 뒷걸음질을 쳐서 나의 일상으로 복귀하는 것만 반복했다.

*

8년간 낮은 포복으로 조용히 따르던 나의 큰스승님께서 차로 이동하시던 중에 심장마비로 세상을 떠나셨다는 소식을 들었다. 홍대 정문 앞에서 지하철역으로 걸어가던 보도블록 위에서 이 소식을 수화기 너머로 들었을 때, 그대로 자리에 주저앉아 한참을 있었다. 바로 장지로 내려가 입구에 앉아 손님들을 맞으며 방명록과 조의금을 관리하고 모자란 백화수복주를 구하러 다니며 장례식의 일손으로 정신없이 움직였다. 내 인생에서 두번째로 맞은 큰 장례였으니 전보다 내가 무엇을 해야 할지 잘 알고 있었다. 왜 두번이나 이런 일을 겪어야 하는지 조금은 얼떨떨

했지만 많은 생각을 하지 않으려 최대한 노력했다. 내 친할아버지의 죽음을 겪을 때 죽음 앞에서 드라마틱한 감정을 재료 삼아 자기연민에 빠지지 말자고 결심한 것이 있어서였다.

둘째 날이 밝았을 때 장례식장으로 달려오신 내 첫 선생님의 사모님을 마주쳤다. 상복을 입고 일을 하고 있는 나를 보시더니 "너는 어째 가엽게도 선생님마다 하늘로 보내야" 하고 지나가셨다. 잠시 마른벼락이 내 몸을 상하로 관통하는 기분이 들었지만 순간적으로 나는 그 말이 내 것이 되지 않게 하려고 몸에 투명 막을 쳤다. 만나는 선생님마다 돌아가시는 것이 아닌 것이어야 했다. 그런 굴레를 내게 씌울 수는 없었다.

최대한 조용하고 담담하게, 내 삶의 두번째 마스터를 하늘로 보내드렸다.

인생 세번째 마스터
‖‖‖‖‖

> 지나가게 되어 있다 풀어지게 되어 있다 다 되게 되어 있다, 오늘을 이제 보내준다.
>
> — 아마도이자람밴드 「Good Night」 중

갑갑하게 막히는 일 앞에서 자주 내뱉는 말이 있다. "어찌 되얏든 다 되게 되어 있다." 나의 세번째 스승님이 내게 하셨던 말씀이다. 언젠가 수업 후에 선생님께서 홀로 짐을 잔뜩 들고 기차로 순천까지 가신다는 것이다. "아니 선생님, 이건 아니지요. 어떻게 그걸 다 들고 지하철을 타고 기차를 타러 가실라고요." "하믄 되지, 왜 안 되냐?" "아 정말, 이리 줘보세요." 하는 수 없이 뒤의 일정을 미루고 선생님을 서울역까지 모셔다드렸다. 기차 안까지 짐을 올려드리고 나자 선생님께서 돌아보시더니 씨익 웃으며 말씀

138

하셨다.

"거봐라, 다 되게 되어 있지 않으냐? 으흐흐허허허."

선생님과의 대화들을 떠올리면 참 어여쁜 순간들이 많다.

나의 세번째 마스터는 「적벽가」 보유자, 인간문화재이시다. 나는 선생님께 약 15년에 걸쳐 동편제 「적벽가」와 「흥보가」를 천천히 사사했다. 언젠가 선생님께서 진도를 많이 나가길 바라는 제자 이야기를 하시며 "작은 배에 짐을 많이 실으면 배가 어찌 되겠느냐, 앞으로 가겠느냐? 자칫하면 가라앉고 말제" 하고 말씀하신 적이 있다. 굳이 그 말씀 때문이 아니더라도 선생님을 마주하는 시간을 최대한 길게 누리고 싶어서 아주 조금씩 배워갔다. 그래도 시간은 쌓이고 쌓여 어느새 「흥보가」 마지막 소리를 받은 날 선생님께 한 말씀을 부탁드렸다.

"선생님, 저 이제 다섯 바탕 오늘 다 끝났으니까요, 한 말씀 해주세요."

"뭣을 한마디를 해."

"몰라요, 섭섭하니까요."

"…다섯 바탕을 다 했지마는 다섯 바탕 다 한 사람이 너 하나뿐만이 아니여. 동초 선생님도 계시고, 운초 선생님

(돌아가신 큰스승님의 호가 운초이다)도 계시고. 니는 제일 늦은 사람 아니여? 긍께 그런 선생님들을 능가할 수 있도록. 그것이 다 욕심이여. 욕심을 부려야 해. '내가 제자인께' 이렇게 생각하지 말고 내가 제자가 되고서 선생님을 능가할 수 있도록, 그렇게 욕심을 부리라고."

뭉클한 날이었다.

*

지금은 보청기를 끼고도 잘 듣지 못하시지만, 얼마 전까지만 해도 선생님과 전화 통화를 종종 할 수 있었다. 크리스마스를 앞두고 전화를 하신 적이 있다.

(전화를 받으며) "선생님! 메리 크리스마스요!"
"냅둬 크리스마스다! 뭣 허냐, 좋은 시간 보내냐?"
"네, 밥 먹으려고 준비했어요!"
"으이, 잘 보내라."
"무슨 일로 전화 주셨어요?"
"크리스마스 잘 보내라고!"

참 낭만이 가득한 선생님이시다.

그리고 얼마 전엔 전화로 기쁜 소식을 전해주셨다.

(전화를 받으며) "선생님!"
"자람마, 워쩌. 박수 칠래 안 칠래?"
"네? 선생님 뭐 좋은 일 있으세요?"
"으이. 있제. 긍께 박수 칠래?"
"그럼요! 쳐야지요! 근데 뭔데요 선생님?"
"내가, 방일영국악상을 받는다! 니가 첫번째 전화여!"

방일영국악상은 혁혁한 공이 있는 원로 국악인들에게 주어지는 큰 상이다. 기쁜 소식을 전하는 선생님 목소리에 지난 80년 세월의 숨이 묻어 있었다.

*

선생님 인터뷰에 "무대에서 소리하다 죽고 싶다"라는 말씀이 있었다. 우리 선생님, 뒤늦은 소리 입문으로 늘 무대를 갈급해하시더니 무대에서 죽고 싶다는 그 말을 바로 우리 선생님이 하시는구나. 선생님은 무대를 정말 너무 사랑하신다. 귀가 잘 안 들리시는 지금도 무대 위에서는 신기하게 그 어려운 적벽대전 대목을 고수의 장단에 맞추어 박진감 있게 해내신다. 무대에서는 그리도 벽력같이 「적벽가」를 하시고 아름답고 고고하게 발 버슴새를 하시는데 무대 밖에서는 한없이 사랑스러우시다. 「흥보가」의 가난타령을 가르치시다가는 어린 시절 이야기를 해주시며 눈시울을 붉히시고, 수업이 끝나고 나가는 제자 손에 조용히 곶감을 쥐어주시고, 핸드폰으로 찍은 마당에 핀 꽃 사진을 보여주시며 "이거 봐, 동백꽃이 이렇게 피었다. 이거 보는 낙으로 내가 산다. 이쁘지 않냐, 잉?" 하신다. 이러한 선생님의 모습은 내가 무대 위에서 나이 든 노인들을 연기할 때 나도 모르게 순간순간 배어나온다.

나는 복이 참 많다. 전 생애에 걸쳐 좋은 선생님들을 만나 예술과 삶을 배워왔다. 선생님을 떠올리면 가슴 한복판이 늘 쩌르르하다. 이 감정은 아마도 존경이거나 사랑일 것이다. 언젠가 먼 훗날 내가 누군가의 선생님이 되면 내가 받은 좋은 것들을 나도 잘 물려줄 수 있기를, 선생님들이 내게 쥐여준 사랑을 배로 전해줄 수 있기를 바란다.

춘향이는 열여섯에 혼인을 하는디

"춘향이가 몇살이냐? 열여섯이제? 갸는 열여섯에 혼인을 하는디 니는 뭣 허냐, 나이가 서른이 넘었는디!"

사랑하는 스승님이 춘향이의 혼인 나이로 나를 공격할 줄이야. 미처 예상치 못한 말에 하하 웃고만 앉아 있었다. 수년전 「흥보가」를 가르치다 말고 갑자기 "니는 근디 은제 결혼할래?" 하고 시작하신 잔소리였다.

간혹 옛이야기들이 묵은 때를 벗지 못한 채 현대인들에게 인용되면 한없이 무식한 칼이 되기도 하는데 그 칼에 내가 베였다. 옛날에는 왜들 그리 조혼을 해가지고, 아니 왜 모두들 결혼을 안 하면 큰일 나는 것처럼들 살아놔서 현대인인 내가 비난 섞인 잔소리를 들어야 하나, 억울했다. '선생님 요즘은요, 결혼이 얼마나 여성에게 밑지는 장사인지 통계와 분석으로 명명백백 확인할 수 있는 시대고요. 여자가 꼭 남자랑 결혼할 필요도 없고요. 아기를 원하는데 결혼이 싫으면 배우자 없이 아기를 낳아 키울 수도 있는 세상이 왔어요'라고 말하고 싶었지만 나보다 30, 40년 더 살고 계시는 어르신들에게 이러한 말이 씨알도 안 먹히는 경험이 많았기에 그냥 가만히 웃었다.

결혼이라는 제도에 참여하기에는 나의 재능이 너무 아깝다. 지금도 충분히 나의 작업과 일들과 일상과 사람들 사이에서 행복하고 바쁘고 차고 넘친다. 잘 분배된 이 힘들을 또 한 챕터 커다랗게 늘려서 쏟으며 살고 싶지는, 굳이 그러고 싶지는 않은 것이다. 물론 신뢰하는 누군가와 둘이서 생을 꾸려가는 것을 나 역시 원하지만 그 누군가의 가족과 연을 맺고 싶지는 않다. 가족이라는 것은 이상하고 묘하다. 새로운 사람을 동등하게 만나는 것은 삶에서 늘 기대가 넘치는 일이지만 이 이상하고 묘한 관계의 머릿수를 더 늘리고 싶진 않다. 내 가족만으로도 나는 충분하다.

이성애자인 내가 느끼는 결혼은, 여성보다 인간 이자람으로 잘 살고 있던 나를 졸지에 여성여성여성 이자람으로 자리매김시키는 것이다. 아직도 여성들이 여성이라는 이유로 불합리한 대접을 받는 이 대한민국에서, 굳이 결혼 제도 안에서의 여성이 되고 싶지 않다. 안다, 특별한 남성을 만나 조금 다르게 살고 있는 극소수 부부들도 있다는 걸. 그러나 그는 논외로 치자.

결혼해서 가족을 만드는 것을 인륜지대사라고 한다. 그만큼 인류가 필요로 하고 소중하게 여기는 일인데 이걸 내가 왜 이렇게 삐딱하게 바라보는지 나 스스로도 너무 아쉽다. 정작 결혼을 선택하는 친구들에게는 커다란 축하와 응원을 보내는데, 그 마음은 정말 진심인데 말이다. 결혼 이야기를 시작하니 이것의 부당함만 줄줄 늘어놓고 있는 내가 참 안타깝다. 왜 이렇게 되었을까. 언제부터 이렇게 되었을까.

하루가 멀다 하고 어린이나 여성이 얻어맞고 죽는다는 기사들이, 허울만 좋은 육아휴직 제도로 수많은 여성이 유산을 하고 있다는 통계가, 얻어맞고 사는 여성이 살해를 하면 큰일이 난 것처럼 떠들썩하지만 남자가 여자를 패서 죽였다는 기사가 매일처럼 올라와도 조용한 세상이, 나를 점점 '따뜻한 가족을 동경하는 이자람'에서 '홀로 제대로 서 있기를 노력하는 인간'으로 변화시켰을지도 모른다. 타인에게 폐 끼치지 않고 제대로 살아가기, 이것이 근간의 삶의 숙제로 떠올랐다.

스승님의 질책은 애정에서 시작되었을 것이다. 가지 많은 나무에 바람 잘 날이 없더라도 가족이 있는 만큼 내 편이 생긴다고들 한다. 삶으로 달려드는 예상 못한 일들을 감당하려면 내 편이 많아야 한다고도 한다. 가족이 없으면 노년에 홀로 외로이 죽는다고 협박성 걱정도 해준다. 그래, 나도 무섭다. 다가올 삶의 굴레들이 무섭고 몸이나 마음이 휘청일 때 누군가의 도움을 받지 못할까봐 무섭다. 그 사실 자체가 안겨주는 비참함이 무섭다. 하지만 아직 오지 않은 미래다. 알 수 없는 미래다. 오지 않은 미래 때문에 현재의 내가 원치 않는 것을 감당하는 것은 마치 더 맛있는 음식이 나올까봐 꾹 참는 배고픔 같은 것이다. 나는 이것이 싫다. 꾹 참았던 배고픔은 보답을 원한다. 더 맛있고 더 배부른 보답을.

언젠가 스승님이 말했다. "이 사람을 대통령으로 뽑으면 젊은 사람들이 싫어하는 걸 나도 알지. 근데 자람아, 한 번만 찍자. 응? 그간 고생을 했으니 이 선생님도 좀 누려볼 때가 되지 않겠느냐?" 대한민국의 어른들이 많이도 그렇게 참으며 살았다. 그리고 그 대가로 옳지 않다는 걸 알면서도 단꿀을 위한 선택을 한다. 과연 그것이 단꿀인지 단물 다 빠진 껍데기인지도 모르면서 말이다. 더 맛있고 더 배부른 보답을 기다리며 허기를 참다보면 억울하고 분해서 망가지기 쉽다. 그래서 나는 그저, 미래가 아닌 현재에 집중한다. 나의 맛있는 한끼에, 소중한 만남에, 도울 수

있는 마음에, 할 수 있는 공연에, 움직일 수 있는 체력에,
주변에 있는 것들에.

*

판소리는 기본적으로 조선시대 언어로 시작되어 대한
민국 초기의 언어로 정리된 것들이다. 제아무리 객관적인
말투의 언어라 해도 언어는 이미 사회구조나 존재하는 것
들에 대한 가치판단이 스며들어 있는 도구다. 나는 조선
시대에 쓰인 이 판소리 사설들과 종종 멱살 잡고 싸운다.
처음부터 그랬던 것은 아니다. 주는 대로 받아먹는 아기
새처럼, 스승님이 전해주는 말들을 열심히 받아먹었다.
이미 내 입에서는 "여보 마누라" "아이고 서방님" "세상 병
신 많다 해도 아버지를 당할쏜가" "주부 마누라가 하직을
하는데 그 또한 얌전하여" "계집은 또 구하면 되지마는"
등등의 말들이 몇백번 발화되었다. 내 입술에 본드 바른
듯 붙은 이 말들은 내가 대학생이 되고 사회인이 되고 책
을 읽고 사람을 만나며 깨부수기 시작한 나의 차별의 소
멸과 함께 억지로 뜯어 떼어내야 하는 말들이 되기 시작
했다.
지식은 참 불편하다. 얻을수록 불편해진다. 내가 무지

해서 해온 언행들이 실은 사회구조 안에서 권력/피권력자로서 응당 당연히 여겨 행한 것들이라는 사실을 깨달을 때의 그 창피함은 정말이지 많이 무겁다. 하지만 그렇다고 지식이라는 숲의 탐험을 멈추기는 싫다. 지식은 멋지기 때문이다. 나와 남을, 지구와 동물을, 인류와 세상을 다정하게 바라볼 수 있도록 만들어주는 멋진 지식들이 계속해서 내 삶으로 스며들어오기를 소망한다. 조금씩 더 앞으로 나아가며 불편하기를 스스로에게 바란다. 더불어 나를 기분 좋게 용서하고 삶에서의 불편을 감수할 지혜를 원한다.

지식은 끊임없이 전통문화와 충돌한다. 존경하는 명인들을 마주할 때면 나의 지식과 지혜들은 현실에 맨몸으로 내동댕이쳐지는 듯하다. 세련된 지식들이 다 소용이 없어진다. 이들이 지나온 시절과 시간을 내가 어찌 상상이나 할 수 있을까. 힘겹게 생을 살아온 그들이 해주는 애정 어린 말들에 나의 논리는 차마 입 밖으로 나오지 않는다. 잠시 혼란스럽지만, 커튼을 닫듯 덮어두는 것이다. 여전히 명인 명창들에게 시집가라는 소리를 듣는다. 나는 그럼 그냥 웃는다. 우리는 그저 전혀 다른 시간 위에 서 있는 것이다.

자퇴

|||||||

자퇴를 한 적이 있다. 중학생이 된 후로부터 쌓이고 쌓였던 것이 폭발한 것이었는데 무엇이 쌓였던 것인지는 지금도 정확히 모르겠다. 도제식 교육을 하던 학교의 답답한 분위기였을까, 나를 오해하는 것만 같은 시선들에 대한 분노와 억울함이었을까. 마음속에 쌓이던 무언가가 폭발한 고등학교 2학년 어느 날, 나는 학교에서 곧장 집으로 돌아와 엄마 아빠 앞에 가방을 집어던지며 "더이상은 못 다니겠어! 몇번을 참았다고요! 그냥 검정고시 보고 1년 일찍 대학 갈 거야!"라고 소리 치고는 방에 들어가 대성통곡을 했다.

그날의 자습 시간은 여느 때와 같이 조용했다. 나는 귀에 이어폰을 꽂고 얼래니스 모리셋을 듣고 있었다. 이미 몇십번을 들은, 가사를 줄줄 외울 정도로 아끼는 앨범이었다. 교과서 밑에는 패션 잡지가 깔려 있었다. 자습 시간에 이런 거 안 해본 사람 있을까? 달콤하고 맛있는 시간이다. 그리고 선생님이 예고 없이 나타났다. 정확히 언제부터인지는 몰라도 내 바로 옆에 서 있었던 것이다. 싸늘한 기운에 고개를 든 나는 선생님과 눈이 마주쳤고 그는 손가락을 까딱거려 내게 앞으로 따라 나오라는 신호를 주었다. "그 잡지 들고 나와." 으… 오늘은 운이 없었다 생각하며 잡지를 손에 들고 잠자코 교실 앞쪽으로 나갔다. 교탁에 도착하자마자 선생님은 내 손에 있던 잡지를 낚아채 그걸로 내 머리를 연거푸 내리치며 소리 질렀다. "니가, 예솔이, 였으면, 다야?"

니가 예솔이 였으면 다야
니가 예솔이 였으면 다야
니가 예솔이 였으면 다야
니가 예솔이
예솔이… 예솔이…

국악고등학교에서 팝송을 들어서 예솔이가 나왔나? 자습 시간에 잡지를 봐서 예솔이가 나왔나? 예솔이가 거기서 왜 나오지? 이 선생님은 내가 예솔이였다는 사실에 이

150

렇게나 짜증이 났었나? 잡지책으로 맞은 머리가 산발이 되어 흐트러지는 가운데 머리를 얻어맞고 있다는 모멸감보다 예솔이를 증오하는 그 마음에 몹시 놀랐다. 아니, 나는 지금 예솔이가 아니라 정확히 판소리를 전공하는 학생 이자람일 뿐인데 어째서 예솔이였다는 사실로 머리카락 휘날리며 맞고 있는 것인지 도무지 이해할 수 없었다. 얼떨떨했고 곧이어 분했다. 납득이 필요했다. 분명 교실에 들어서기 직전에 선생님에게 안 좋은 일이 있었을 것이다. 개인적인 분한 일로 머리가 회까닥한 거겠지. 헌데 내가 운이 없어서 화풀이 대상이 된 것이다.

아, 그래도 전혀 납득이 되지 않는다. 열받고 분할 뿐이다. 저런 마음으로 여태 어떻게 나의 선생님을 해왔던 거지? 나를 싫어하는 저 사람과 어떻게 앞으로 계속 학교에서 선생과 학생으로 마주친단 말인가? 나의 생각은 급류를 타고 흘러갔다. 구조 없는 논리로 나를 괴롭히는 선생님과 더 나아가 이 학교의 분위기를 더는 참을 수 없다는 결론까지 빠르게 헤엄쳐 갔다. 그대로 자리를 박차고 집으로 돌아와 엄마 아빠에게 격앙된 상태로 말했다. 그냥 검정고시 치고 한 학년 일찍 대학을 가겠노라고. 예솔이라는 이름으로 나를 괴롭히는 선생님과 그러한 분위기가 있는 곳에서 나는 성장이 아닌 분노만 반복할 것이니 그

편이 나을 것이라고. 다 필요 없고 못 견디겠다고.

그러고는 잘 기억나지 않는다. 학교에 자퇴서를 내러 갔을 것이며, 사물함에 있는 책들을 비워 왔을 것이다. 지하철 2호선 친구들이 나의 정류장인 당산역까지 찾아와 당산역 KFC 지하에서 할 말을 못 찾고 우울하게 함께 앉아 있어주었던 풍경이 생각난다. 일주일간 이어진 친구들의 애틋한 전화도 생각난다. 검정고시 문제집을 찾아 서점을 오가다 마주친 교복 입은 학생들을 바라보며 '이제 난 더 이상 저들과 같지 않다…'는 생각으로 흘린 눈물이 생각난다. 외롭고 소외되고 섞이지 못한 자의 마음과 암담하고 깜깜한 미래 따위를 짊어진 채 일주일이 지났을 것이다. 갑자기 학교에서 연락이 왔다. 모두가 벌벌 떠는 교장 선생님의 호출이었다. '교장 선생님이면 뭐 어때, 이제 내 교장 선생님도 아닌걸.'

나는 사복을 입고 아주 껄렁껄렁한 몸과 쫄리는 마음으로 교문을 들어서 교장실로 향했다. 마주치는 선생님들은 얼음을 본 건지 얼음이 된 건지 알 수 없는 모습이었다. 그 냉담한 모습이 못내 불편하고 어색했다. 교장실 앞에서 나는 잠시 침을 꼴깍 삼키고 숨을 크게 내쉬었다. '이제 교장 선생님도 내게 아무 권한이 없으므로 그 어떤 말에도 주눅 들 필요가 없다'는 문장을 주문처럼 외며 교장실 문을 열고 들어가 소파에 앉았다.

"좀 어떠니?"

음? 좀 어떠니? 예상 밖이었다. 분명 불호령이 떨어질 줄 알았는데 난데없는 다정한 말에 기습을 당한 듯 아무 말도 할 수 없었다. 이를테면 엄청 매운 김치찌개를 먹을 줄 알고 한숟갈 떠서 입에 넣었더니 크림 스프가 입에 들어온 느낌과 비슷할까. 잔뜩 긴장하고 방어 준비를 했던 나는 기대와 달리 싱거운 대화를 시작했다. 아니 대화라기보다 일방적으로 교장선생님의 따뜻한 말들을 들었다. 그래, 따뜻함이었다, 나를 당황시켰던 것은. 그는 내가 알던 교장 선생님이 아니거나, 그간 완전히 오해하여 내가 그를 잘못 알고 있었거나, 혹은 지금 나를 돌아오게 해서 또 힘든 이곳에 잡아두려고 연기를 하는 것일지도 모른다 생각하며 긴장을 늦추지 않았다.

"너의 재능, 지금 네가 가진 것들을 위해서라도 그만두지 마라. 이는 국악계의 큰 손실이 될 것이라 나는 너의 자퇴서를 수리할 수가 없다. 무엇이 너를 그 선택으로 데리고 간 것이냐. 학교생활에 너무 타이트한 것이 있었다면 느슨하게 해보자. 그런 일로 학교를 그만두는 것은 정말 아까운 일이다."

교장 선생님의 말들을 차가운 마음으로 흘려듣던 와중

에 선생님의 손과 양복바지 밑단이 눈에 들어왔다. 자꾸 손을 쥐었다 폈다 하셔서 그 손에 양복바지 밑단이 말려 무릎 바로 아래까지 올라갔다 내려갔다 했는데, 아무래도 그 사이로 보이는 앙상한 종아리에 대해서는 모르시는 눈치였다. 긴장을 하신 것 같았다. 아… 어쩌지… 선생님은 연기를 하고 있는 게 아니었다. 진심으로 나를 걱정하느라 발생하는 긴장의 마음. 이 어리석은 녀석이 정말 이대로 학교를 그만두면 어쩌나, 내가 말을 잘해주어야 할 텐데 하는 그 마음. 진심 어린 따뜻한 마음들을 내게 건네고 있었다. 그 마음의 홍수가 나의 닫힌 마음의 문을 열고 마구 넘쳐흘러 들어오는 것을 막을 수 없었다. 교장 선생님은 엄청나게 따뜻하고, 마르고, 자그마한 사람이었다.

영원히 끝난 줄 알았던 학창 시절이 그렇게 다시 내게 두 팔을 벌리고 달려오고 있었다.

알 수 없는 엄청난 안도감과 함께 마음 저 구석에서 창피함이 고개를 못 들고 있었다.

친구들과 울며불며 애틋하게 나눈 이별의 통화들이 무효가 되는 순간이었다.

록밴드 아마도이자람밴드
||||||||

고등학생 때 언니를 따라 홍대 앞 라이브 클럽에 처음 갔던 날, 나는 충격과 흥분에 휩싸인 채 '꼭 홍대 앞 클럽에서 공연하는 사람이 되리라' 결심했었다. 대학 시절 동아리에서 어쿠스틱 기타를 배워 노래를 쓰기 시작했고, 동아리 졸업반이 되자마자 밴드를 만들어 홍대 앞 클럽에서 오디션을 보았다. 틈틈이 가사를 적고 아무 때나 흥얼거리며 곡을 붙였고 시간 날 때마다 밴드 멤버를 만나서 음악을 만들었다. 그것은 나의 휴식과 놀이에 대한 모든 욕망을 완전히 해소해주었다.

밴드 활동은 나에게 '놀이'이자 '취미'였다. 재미있고 자유로웠다. 사람들에게 나를 판소리한다고 소개할 때보다 밴드 한다고 하면 더욱 편하게 다가오는 것 같았다. 내가 보고 느낀 일상의 순간을 담은 노래에 공감해주는 사람도 판소리보다 훨씬 많았다. 밴드 하는 내가 판소리하는 나보다 좀더 멋이 있다고 생각했다. 진정한 나, 사실은 쿨내 나는 나, 기타를 튕기며 감각적이고 신랄한 풍자도 할 수 있는 대범한 나, 인디음악 하는 주류적 비주류인 나 등에 도취되어 참 재미있었다.

밴드맨으로서 존재하는 시간은 판소리를 배우느라 꽉 조였던 무언가를 슬며시 풀어주는 시간이었다. 숨이 트이는 기분이었다. 밴드의 유명세나 성공이나 대박 같은 것은 관심 없었다. 관심 없는 척을 했던 건지 헷갈리기도 하지만 오죽하면 밴드 이름도 우연히 남이 내뱉은 말로 지었을까. (밴드명도 없이 활동하던 시절에 홍대 앞 축제에 섭외되어 통화하다가 "밴드 이름은 그래서 뭐로 할까요?" "아, 아직 이름이 없는데 아마도 이자람밴드 정도?"라고 답한 것이 그대로 팸플릿에 '아마도이자람밴드'라 실린 덕에 우리 밴드는 10년 넘도록 그 이름으로 활동 중이다.) 그저 모여서 음악 만들고 함께 공연하면 되었다. 한동안은 그랬다.

게으르고 즐겁게 밴드를 하다보니 시간이 금방 흘렀다. 어느새 주변에서 함께 게으르게 음악하거나 공연을 만들던 사람들 중 어떤 사람은 기획사를 차렸고 어떤 사람은 유명한 록스타가 되었고 우리 밴드에서 기타 치던 사람이 록스타와 밴드를 하게 되더니 극과 극의 다른 두개의 밴드 기타맨을 겸했다. 축하할 일이 늘어나는 만큼 소외되는 일도 함께 늘어났다. 자연스레 삶의 순위에서 이 밴드가 어떻게 되느냐는 질문을 남과 나에게 동시에 던지기 시작했다.

지인이 차린 인디밴드 기획사에 자연스레 몸담게 되었다. 다양한 매력의 밴드들이 밀물처럼 들어왔다. 그들을 가까이서 구경할 수 있었고 자유롭게 녹음하고 작업하던 인디음악 가내수공업의 흐름을 따라 남의 집 지하실에서 첫 싱글앨범 녹음도 해보았다. 당연한 듯 어떤 무리에 속한 사람이 되었다. 내 의지는 아니었다. 씬이 그렇게 생성되었고 움직였고 그 주변에서 밴드를 하고 있다보니 우연히 그 파도를 타고 함께 출렁거린 쪽이다. 남의 무대인 줄만 알았던 록 페스티벌에 우리도 설 수 있을까 하는 희망도 좀 품어봤고 남들 받는 운동화 협찬 우리도 받아볼 수 있는 걸까, 그러려면 밴드가 얼마만큼 유명해져야 하는 걸까 생각하기 시작했다.

밴드가 밴드로서 인정을 좀 받으려면 정규앨범이 있어야 한다고들 했다. 그래서 멀고 멀게 느껴졌던 정규앨범 작업을 맨땅에 헤딩하듯 시작했고 열심히 시간과 돈과 노력을 쏟아 드디어 첫 정규앨범을 발매했다. 그리고 그

앨범은 제작사 사장의 말을 빌리자면 "생각보다 너무 안 됐다".

*

 문제가 무엇일까 생각했다. 취미생활로 임했기에 겪는 업보인 걸까? 능력 자체가 달리는 걸까? 스타성이 없어서, 음악을 너무 못해서, 마이너한 감성이라서, 씬의 뮤지션들과 어울리지 않아서, 시류를 읽지 못해서, 유행에 편승하지 못해서, 판소리 작업에 비해 밴드 작업 성과가 좋지 않아서, 혹은 내게 국악인 이미지가 너무 강해서 등… 문제를 찾다보니 문제가 뭐였는지도 모르게 되었다. 재미있고 좋자고 시작한 일이었는데 이제 그것만으로 안 되는 시간과 마주한 기분이었다. 밴드맨으로 나름 오랜 시간 버텼는데 왜 우리 밴드는 늘 애매한 곳에 있는 것인지 궁금했다.

 문제는 잘 모르겠지만 노력을 시작해야겠다고 생각했다. 지지부진한 앨범 판매 성적이 어쩌면 씬의 울렁거리는 파도에 우연히 올라타서 편승한 대가인 것 같았다. 꽤 많은 인디밴드들이 들어오고 싶어하던 기획사로부터 독립을 했다. 갈 길이 다른 멤버들은 떠났고 인연이 맞는 멤버들이 각자의 자리에 들어왔다.

넷이 된 아마도이자람밴드는 스스로 일어서며 배워가야 할 것들이 많았다. 함께 천천히 2집 앨범 준비를 시작했다. 오랜 시간 모르는 척해오던 음악 프로그램을 직접 다뤄야겠다 생각했다. 무작정 노트북을 사고 음악 만드는 프로그램을 얻고 중고 스피커를 사고 오디오 인터페이스와 마스터 건반을 선물받았다. 방구석에서 메신저로 지인들을 귀찮게 하며 천천히 익혀갔다. 기타 치면서만 해오던 곡 작업을 건반을 누르며 할 수도 있게 되었다. 자연스레 음악도 달라졌고 전보다 더 다양한 시도를 할 수 있게 되었다. 내 머릿속에만 있던 편곡의 방향을 이젠 직접 손으로 입력해서 드럼, 베이스, 기타에게 제시해볼 수도 있게 되었다. 할 만했다.

공연도 하고 앨범도 만들려다보니 포스터나 디자인이 필요했다. 디자이너는 어디서 만나야 하는 건지, 그림을 그리면 그게 어떻게 디지털화되어 공산품으로 되는 건지 알 수 없었다. 일단 그림이 있으면 어떻게든 되겠지 싶었다. 그림 그리기는 내게 낯선 일이 아니었다. 어려서부터 사진을 찍는 대신 그림을 끄적거리며 여행하던 버릇 덕분에 그림 그리기에 겁이 없었다. 밴드 공연의 포스터와 음반 커버를 직접 그리다보니 디자이너와는 어떻게 협업하고 어떻게 돈을 써야 하는지, 어디서 한푼이라도 아낄 수 있는 건지 배워갔다.

이제 밴드는 더이상 즐거운 취미생활 놀이터가 아니었다. 또 하나의 진지한 작업장이 되었다. 시간과 노력을 쏟아서 결과물의 만족도를 높이고 그것으로 돈도 벌어야 하는, 삶의 또 하나의 축이 되었다. 시간 분배에 더욱 노련해져야 했고 1년을 단위로 넓게 계획을 세워서 밴드와 판소리 활동, 이 두개의 축이 잘 맞물려 굴러가도록 세팅해야 했다. 밴드는 그렇게, 내 삶에 취미로 태어나서 이제는 판소리 작업과 어깨를 겨루는 큰 작업의 축이 되었다.

*

종종 받는 질문이 있다. "판소리할 때랑 밴드 할 때 목소리가 너무 달라요. 어떻게 그게 가능해요?" 그러게, 어떻게 다른 걸까. 덩달아 궁금하기에 생각을 좀 해봤다. 우리는 옷을 바꿔 입을 때마다 자기도 모르게 몸과 목소리, 표정 등 모든 것이 조금씩 달라진다. 예를 들어 똑떨어지는 정장을 입으면 갑자기 나의 말투나 걸음걸이가 옷에 어울리려는 노력을 한다. 텔레비전이나 잡지 등 어디선가 보았던 정장 입은 누군가가 된 듯 말이다. 파자마를 입고 있을 때와 수영복을 입었을 때도 몸과 마음가짐은 많이 다르다. 장소에 따라서도 많이 다르다. 내가 살고 있는 동네에서의 나와 베를린 지하철역 안의 나는 다르다. 옆에 누가 있는지에 따라서도 다르다. 익숙한 친구와 있을 때, 처음 만나는 사람과 있을 때, 가족들과 있을 때, 스승님 앞에 있을 때 등등. 우리의 몸에 쌓인 사회문화적 언어는 나도 모르게 공간, 구성원, 의상이 달라질 때마다 함께 달라진다.

목소리와 발성도 마찬가지다. 50년 전의 텔레비전 프로그램 속 배우들이 성별에 따라 다른 키와 톤, 말투를 사용한다. 50년이 지나 현재를 살아가는 그들은 그때와 완전히 다른 지금의 말투를 사용한다. 의식하지 않아도 자기도 모르게 그렇게 달라지는 것이 몸과 목소리다. 밴드의 프런트맨으로 무대에 설 때 내 모든 것은 '나는 록밴드 보컬리스트야'를 입는다. 전통 판소리꾼으로 무대에 설 때는 '나는 은희진, 오정숙, 송순섭의 제자 이자람입니다'를 입는다. 내가 만든 판소리의 소리꾼 배우로 무대에 설 때는 '관객분들 안녕, 내가 오늘 이 이야기를 만든 작가이고 작창가이고 이제 이걸 직접 이야기해줄 거예요. 같이 가봅시다!'를 입는다. 그것들이 그 순간의 나를 만든다. 그게 어떤 부분을 어떻게 달라지게 만드는지는 과학적으로 설명하기 어렵다. 마치 당신이 당신 방 안에서와 일터에서와 친한 친구 옆에서와 전혀 모르는 타인들 앞에서 자신도 모르게 달라지는 것을 스스로 설명하기 어렵듯이 말이다.

*

아마도이자람밴드의 음악 장르는 어쿠스틱 기타 두대인 밴드의 포크록으로 시작해서 드럼, 베이스, 일렉기타, 신디사이저가 있는 록으로 변화했다. 사실 록밴드라고 하기에는 뭔가 온전히 표현해내지 못한 느낌이지만 일렉기타 사운드를 보면 간단하게 록이라고 하는 게 맞긴 맞는 것 같다. 둘이서 시작해 셋이 되었다가 넷이 되었다가 다섯이 되었다가 다시 넷이 되었다.

현재의 네 사람이 처음 모인 2018년을 기점으로 나는 이 밴드가 이전과는 다른 밴드가 되었다고 생각한다. 더이상 음악적으로 모자라다는 생각을 하지 않는다. 장르를 딱히 구분 짓기 어렵다거나 역사적인 록밴드들의 음악 문법을 따르지 않을지언정 그게 능력이 안 되어서가 아니라 그냥 취향이 달라서라고 생각하기 시작했다. 이제 더이상 취미생활이 아니기 때문에 애매하게 쫄리던 마음은 멀리

던져버렸다.

한창 마음이 쫄릴 때는 괜히 국악인인 나 때문이다 싶어 이상한 애를 쓰기도 했었다. 내 스스로 마음속에 잘나가는 정체성과 방바닥 긁고 있는 정체성을 나누어 나를 차별했던 것이다. 밴드 하는 나를 스스로 후려치다니. 나를 이렇게 만든 과거의 주변들도 괘씸했지만 가장 괘씸한 건 나 자신이었다. 여러가지 시행착오를 지나 지금은 전과 달리 내 눈치 남 눈치 안 보고 음악을 만들고 있다. 바로 이 지점이 내가 아마도이자람밴드를 계속 할 수 있고 또 좋아하는 이유다.

꾸준히 합주하고 멈춤 없이 공연을 기획하며 주기적으로 무대에 서왔다. 밴드 첫 앨범이 잘 안되었을 때 들었던 "아이밴(아마도이자람밴드의 줄임말)은 너무 외딴 섬처럼 굴잖아요"라는 핀잔이 그 당시에는 괜히 아팠지만 오랜 시간 동안 늘 어디 속한 느낌의 밴드가 아니다보니 점점 설 곳과 서고 싶지 않은 곳을 선택할 용기도 생겼다. 까짓것 아님 말어, 하는 배짱이 생긴 셈이다.

언제까지 밴드를 할 수 있을지 모르겠다. 코로나19 바이러스가 전세계를 강타했을 때 밴드 주변의 뮤지션들과 공연이 가능하던 클럽들도 바사삭 하고 강타당했다. 앞일은 알 수 없지만 까짓것 어떠냐, 하는 마음으로 음악을 마음껏 쓰는 이 작은 불씨가 제발 사그라들지 않고 그냥 꾸준히 작게 흔들흔들 불꽃을 유지해주면 정말 좋겠다.

미간을 찌푸린 깡통

고등학생 이자람은 노트에다 썩은 사과를 종종 그리던, 스스로 회색분자라 생각하는 학생이었다. 교복 주머니에 식은 맥도날드 치즈버거 하나를 소중히 찔러 넣고 책 좋아하는 짝꿍이 쌓아둔 책들 중에 당기는 제목의 책을 골라 함께 읽다가 "이 더러운 세상, 에라이" 하며 한탄을 하곤 했다. 귀에는 늘 라디오헤드나 펄잼, 너바나나 메탈리카가 열창하는 음악을 꽂고 '이들은 영어를 쓰는 나라에 태어났으니까 이렇게 멋진 사람들이 되었지. 동양인이 아무리 뭘 해봤자 무슨 소용이 있겠어. 세상은 이미 오래전부터 썩었어' 하며 답답해했다. 뭘 답답해하는지도 모르는 채 분노했고 미리 체념했다.

그러던 애가 아무 준비도 정보도 없이 대학생이 되었으니 대학생활에 무슨 기대감 비슷한 것이 있었을 리가 없었다. 보풀이 잔뜩 올라온 체크무늬 박스코트를 걸치고 칙칙한 표정으로 '총장 잔디'나 노려보고 다니는 신입생이었다. 그 칙칙함이 미끼가 되어 '도를 아십니까' 선배들의 표적이 되기 일쑤였는데 그냥 가만히 지나가면 되었을 것을 굳이 그 선배들에게 "나는 지금 나 자신을 내려두고 바라보는 중이라 아무 이야기도 하고 싶지 않다"고 폼을 잡으며 답을 하는 바람에 오히려 끈덕지게 "어떻게 자신을 따로 떨어뜨려 바라보는지? 그것이 얼마나 오류가 있는 말인지 알고 하는 말인지?"라는 지적을 당하며 쫓아오도록 만들어버리는, 아주 바보 중에 상바보였다. 폼은 잔뜩 잡았고 기분은 늘 좋지 않았는데 사실 그 이유는 스스로도 잘 모르는, 그저 미간을 찌푸린 빈 깡통이었다.

동기들은 빠르게 진짜 대학생이 되어가는 것 같았고 나만 도태되는 기분이었다. 에라이, 기왕 부적응하는 거 뭐라도 다른 것을 배우고 싶었다. 배움의 갈망이 있었는데 무엇을 배워야 할지 몰랐고 무언가를 채우고 싶은데 그게 무엇인지 몰랐다. 음대 건물을 나와 무작정 학생회관 건물로 들어가 복도를 돌아다니며 여러 동아리방 안을 훔쳐보았다.

홍대 앞에서 보았던 록밴드 같은 것을 여기서 하고 싶었다. 그러려면 기타를 배워야겠다 싶었다. 허나 그 어디에도 전자음악 소리는 들리지 않았다. 아, 진짜 이 대학교 엉망이네. 어떻게 동아리 건물에 기타 하나 안 보이냐. 적잖이 실망을 한 채 어느 파란 문 옆을 지나는데 문틈 사이 너머 나란히 벽에 기대어져 있는 통기타 두대가 보였다. 어? 기타다! 반가운 마음에 파란 문을 열고 들어갔고 그 문을 넘어서는 모든 첫 손님이 해야 한다는 노래 한곡을 한 뒤 그대로 눌러앉게 된 동아리가 바로 노래패 '고뇌하는 마음으로 노래를: 메아리' 방이었다. 그렇게 나는 메아리의 일원이 되었다. 파란 문을 연 그날부터 동아리 졸업반이 되는 3학년 때까지 대학생활을 다 그곳에 바쳤다(1999년에 있었던 「춘향가」 완창 준비 기간을 제외하고는 말이다).

메아리를 떠올리면 정말 재미난 일들과 추억과 배움이 많다. 끊임없이 새로운 것들을 발견하고 공유하던 동기들은 함께하는 모든 순간이 과거로 사라진다는 사실에 통탄할 정도로 소중한 친구들이었다. 선후배와 밤을 지새우며 회의를 하고 합주를 하고 무대를 직접 쌓아 올려 완성해가던 공연 기간은 그 자체로 청춘 드라마였다. 그곳에서 나는 공연이라는 것의 기획 단계부터 마무리까지 모든 과정을 온몸으로 부딪치며 체득했다. 참으로 고마운 곳이다.

헌데 신기하게도 메아리를 떠올리는 순간 제일 먼저 생각나는 것은 사랑했던 동기들도 아니고 헌신하며 완성해간 공연들도 아닌 『철학과 굴뚝 청소부』라는 책이다. 그책은 메아리 혹은 서울대학교에서 주눅 들어 있던 '나만 무식하다'라는 열등감의 시작이었다.

당신은 '음대생'이라는 단어를 써보았는가? 있다면 어떤 맥락에서 그 단어를 사용했는가? 인류가 존재하는 모든 것에 각자의 편견을 덧칠해가는 것은 자명한 사실이고 나는 편견에 주눅 들어 있던 지식 열등감 학도였다. 남에게 없는, 수년을 갈고닦아온 기술을 가졌으면서도 괜히 내 수능 점수가, 텝스 점수가 창피했다. 음대생이라는 신분 그 자체로 골 빈 사람이 된 기분이었다. 동아리에서 만난 타 단과생들은 수능 전국 2등, 4등 같은 수재들이었고 왠지 그들은 나보다 무조건 모든 것에 능통한 지식을 가졌을 것이라 생각했다. 그런 와중에 그들과 함께 철학서로 경제서적으로 사상서로 세미나며 심포지엄을 했던 것이다. 마치 연극 놀이에 들어가 지식인 역할을 하는 텅 빈 인물이 된 것 같았다.

그 수재들과 함께 『철학과 굴뚝 청소부』(우리는 이를 '철굴'이라 불렀다. 야, 철굴 어디까지 읽었어?)를 시작으로 평생 처음 들어본 인문서적들을 여럿 읽었다. 매주 한번씩 세미

나가 있었고 여름이면 책을 들고 산으로 함께 들어가 챕터마다 설전(이래봤자 나는 오로지 이곳에서 나의 무지를 들키지 않는 것에 급급했다)을 벌이며 밤을 지새웠다. 선배들은 늘 어려운 질문을 던지는 사람들이었고 나는 우왕좌왕하는 머릿속을 들키지 않으려고 애를 썼었다. 교과서처럼 들고 다니던 『정치경제학원론』(일명 '정경원론')과 『마르크스의 혁명적 사상』(일명 '마혁사')은 제대로 읽은 적도 없으면서 괜히 남들 하는 대로 원수처럼 여겼고, 괜히 아는 척하고 싶어 선배에게 논쟁을 걸었다가 완전히 말리곤 했다.

*

처음 농활에 갔을 때였다. 각자 조별로 주어진 일들을 마치고 숙소로 돌아오는 길에 두 학번 위 선배가 세상 모든 고뇌를 다 짊어진 듯한 에너지로 미간을 잔뜩 찌푸리고 "너, 농활이 뭔지 알아?"라고 물었다. 농활이 뭐지? 농촌활동의 줄임말인데… 혹 뭔가 심오하고 거대한 담론이 숨어 있는데 또 나만 모르는 것인가 싶었다. "농촌… 활동 아닌가요?" 그 선배는 세상의 큰 비밀이라도 가리는 듯한 쓸쓸한 웃음으로 "너는 농활을 몰라. 그래 나도 몰랐어! 너는 농활을 몰라"라고 되뇌었다. 나는 괴로웠다. 그래 나는 모른다. 농활도 모르고 신자유주의도 권력이동도 모르겠다. 그냥 말해주지. 그냥 알아듣게 말해주면 좋을 텐데.

나는 지금도 그 선배가 말한 농활의 의미를 모른다. 내가 아는 농활은 논에서 피 뽑을 때 다리에 달라붙어 내 소중한 피를 뽑아 먹는 거머리를 조심해야 하는 일이었고, 밭 작업은 무릎과 고관절이 정말 아픈 일이었으며, 새참은 쌀 한톨도 남김없이 먹어야 하기에 배 속으로 음식을 욱여넣어 밥그릇을 비우는 활동이었다.

소리하는 청년이라는 걸 마을 사람들이 알게 되는 순간 모두가 연거푸 소리를 시키며 한곡이 끝날 때마다 막걸리를 청하는 활동이었고, 어른들의 막걸리를 거절하면 안 되기에 주는 대로 먹다가 기절하는 활동이었고, 결국은 선배들조차 잔치에선 나를 감추느라 애를 써준 활동이었다. (판소리꾼들이여 농활에 가면 소리꾼인 것을 숨겨야 한다. 소리꾼인 것을 들켜버렸다면, 마을 잔치 자리에서 적당히 몇곡 흥을 돋워야 했다면, 사람들이 시끄러운 사이에 재빨리 마을회관 옥상으로 올라가 숨어 있어야 한다. 계속 잔치 자리에 있다가는 1인 주크박스가 되어 소리를 해야 하는 것은 물론, 주는 대로 마셔야 하는 막걸리 사발들에 목숨이 위태로워질 수 있다.) 그러한 부수적인 일들을 제외하고 내게 농활은 끝도 없는 농촌 일을 돕는 일

손이 되어 가능한 만큼 일의 양을 줄여드리는 일이었다.

*

　나의 메아리 생활은 그렇게 두개의 면이 나사의 결처럼 사이좋게 엉키어 진행되었다. 한면에선 치열한 고뇌의 장에서 기름처럼 미끄러지며, 다른 한면에선 신나는 기획과 합주로 음악과 공연의 노하우를 쌓으며.
　메아리 '짬'이 늘어날수록 가뜩이나 고등학생 때부터 열심히 주름을 만들던 미간이 더욱 자주 구겨졌다. 파란 문을 열고 들어온 후배들에게 나 역시 나도 모르는 문장을, 답을 알지 못하는 질문을 던지며 그들의 머릿속을 교란시켰을 것이다. 미간을 찌푸리며 세상의 고뇌를 조금 더 아는 척하느라 열심히 말을 고르고 골랐을 것이다. 귀여운 관습이라고 하기엔 우리는 나이를 먹어서도 같은 짓을 되풀이하며 당하기도 하고 행하기도 한다. 재미있는 것은, 이 모든 행위들이 내면의 갈등을 일말 해소시켜주었다는 것이다. 지식에 대한 목마름은 지식 자체보다는 지식을 얻는 듯한 일련의 행위들로 해소했고, 아는 것이 없다는 두려움은 아는 것이 없어도 '그' 서울대생들과 내 삶이 그다지 다를 건 없다는 것을 발견할 때마다 용기로 변해갔다.

지금 생각해보니 미간을 찌푸리는 이유를 정확히 모르던 사람이 나뿐만은 아니었던 것 같다. 다들 어디에서 무엇을 하며 살고 있을까. 세상이 좋아지기를 바라며 집중하던 그 구체적인 사안들에 대해 지금은 어떤 이야기를 하고 있을까. 여전히 손에 가득 쥔 지식들로 세상이 좋아지는 데 보탬이 되려고 각자의 자리에서 힘을 쓰고 있을까. 많은 책을 읽으며 격한 논쟁을 했지만 그럼에도 불구하고 어리석었던 우리들인데, 그 어리석음이 과연 시대의 변화 앞에서 점검되고 수정되었을까. 모두들 그때 외치던 것처럼 끊임없이 자신들의 어리석음을 직면하고 있을까.

우리는 미간과 조금 친해질 필요가 있다. 나의 심정을 이해하느라고 이놈의 미간이 찌푸려지고 있는지 혹은 남에게 보여주고 싶은 내가 괜한 미간을 자꾸 고생을 시키고 있는지 말이다.

인생에는 기회가 세번 온다며

"||||||"

대학 시절 노래패 '메아리'에서 한해에 약 네다섯개의 기획 공연을 열심히 만들었다. 앰프와 스피커 수십개의 라인을 들고 나르고 정리하고 무대 위에 비계를 쌓고 조명 위치를 만져가며 우리들의 무대를 우리 손으로 만들었다. 공연비 모금부터 홍보 포스터 만들기와 팸플릿 만들기까지 크고 작은 일들이 다 우리의 책임이었다. 우리가 설 무대를 직접 안팎으로 만들어가는 모든 과정이 참 재미있고 좋았다.

공연 만들기가 몸에 익숙해졌을 즈음 문득 의문이 들었다.

왜 판소리는 세련된 장치들을 쓰지 않는 거지?

시대는 기본값을 끊임없이 업데이트해가는데 판소리라는 장르는 다방면에서 과거에 멈추어 있는 듯 보였다.

판소리가 공연예술이 될 수 있을까? 판소리에도 조명과 음향과 무대가 필요해질 시간이 올까? 판소리가 내가 좋아하는 무대예술이 되려면 무엇이 필요할까?

뜬구름 같은 질문들이 시작되었을 때, 막연히 '연극 같은 것을 판소리로 해보고 싶다'라는 욕망과 '나와 비슷한 고민을 가진 여러 소리꾼들을 만나보고 싶다'라는 욕망으로 나의 질문들을 수렴했다. 그러고는 바로 무작정 사람을 모으기 시작했다. 사람을 모으는 기준은 1) 소리를 사사한 선생님이 다를 것 2) 학교가 다를 것 3) 성별이 고를 것이었고 그렇게 열명이 모였다. 이 아이디어를 듣고 같은 학교의 마당극 동아리에서 두명의 지인이 반갑게 나타나 각자 기획과 연출의 포지션을 맡았다. 소리를 전공하지 않는 친구들도 소문을 듣고 함께하러 찾아왔다. 그렇게 열명 남짓한 20대 중반의 사람들이 모여 팀이 되었다. 함께 만든 첫 공연은 '국악 뮤지컬'이라는 장르를 시작한 시초가 되었고 우리들의 시도는 다방면의 사람들에게 환영받았다.

나는 그곳에서 대표를 맡아 5년간 함께했다. 서로 치열하게 사랑하고 미워했다. 사람이 끊임없이 들고 났다. 빠르게 입소문을 타며 5년간 다양한 공연을 만들고 다양한 극장과 무대에 서보았다. 나는 그곳에서 대본 쓰는 일과 작창하는 일을 주로 담당했다. 시간이 흐르며 모인 이들 각자의 욕망이 달라졌다. 어느 순간 '이제 이 사람들과 헤어져야 할 때가 왔구나'라고 감각했다. 처음 이 팀을 모을 때 죽이 되든 밥이 되든 5년만 잘 버텨보자고 스스로 약속한 것이 있었다. 딱 5년이 지나고 팀을 그만두었다.

그 5년의 시간 동안 가장 크게 성장한 것은 '나의 이야기가 담긴 판소리를 만들고 싶은 욕망'이었다. 나의 이야기를 하고 싶었다. 가장 자신 있는 판소리로, 하고 싶은 이야기를 만들고 싶었다. 하지만 방법을 몰랐다. 어디서부터 어떻게 시작해야 하는지, 분명히 누군가가 필요한데 누가 필요한 것인지도.

팀을 그만두고 2년 남짓 백수의 마음으로 어슬렁거렸다. 창작하는 모든 이들이 너무 아름다워 보였고 창작할 수 있는 그들의 배움과 그로 인한 동력이 부러웠다. 남의 공연을, 남의 학교를, 남의 발표와 수업을 전전했다. 모다페^{국제현대무용제, Modern Dance Festival}의 거의 모든 공연을 예매해서 보러 다니고 연극 전공 친구들의 장면 발표를 찾아다니고 서예를 배우겠다고 한달 내내 한 일(一) 자만 쓰다 집으로 돌아오는 나날이 계속되었다. 큰 용기를 내어 타 학교 수업 중 들어보고 싶은 수업들을 청강하기 시작했다. 관심 분야는 주로 희곡 수업과 움직임 수업이었다.

희곡은 연극에 대한 동경 때문이었고 움직임은 신체에 대한 무지함과 열등감에서 벗어나고 싶은 욕망 때문이었다. 지금 생각해보면 그 학교 학생도 아닌데 나를 청강생으로 받아준 선생님들이 참 감사하다. 기꺼이 문을 열고 맞이해준 수업의 학생들도.

그렇게 무작정 찾아간 '극작법 세미나'라는 수업에서 베르톨트 브레히트를 만났다. 각자 희곡을 읽고 발표하는 시간이었다. 한 학생과 내가 브레히트의 「서푼짜리 오페라」를 발제했다. 같은 작품을 다뤘지만 언어의 수준이 영 달랐다. 이를테면 그 학생은 "이는 작가의 거리두기이며 이것이 바로 브레히트 서사극의 특징이다"라고 해석한 것을 나는 "이 문장에서 작가가 비아냥거립니다" 정도의 수준으로 평했다. 부끄러웠지만 나는 그렇게 브레히트의 특징, 전세계인이 주목하는 브레히트 서사극의 힘을 알아갔다.

이것저것 배우고는 있지만 죄다 시간과 돈을 쓰는 일인데 벌고 있는 것은 하나도 없어 점점 마음이 조급해져만 갔다. 그러던 어느 날 할 일 없는 백수인 내게 한 극장에서 제안이 들어왔다. 800만원의 예산을 줄 테니 전통 판소리를 하는 밴드 공연과 판소리를 반반 하든 마음껏 무대만 채워달라는 제안이었다. 감사하고 기쁜 일이었다. 적지 않은 예산이었기에 당장 무대 위에서 할 수 있는 것들을 하고 그 돈으로 주머니 사정을 달랠 수도 있었지만 그러기엔 기회가 아까웠다. 허나 800만원이란 돈은 새로운 공연을 만들기에는 턱없이 부족한, 애매한 예산이다. 공연 하나 만드는 데 섭외해야 할 각 포지션 전문가만 다섯 명이 넘는다. 이미 모자라다. 어떤 공연이 나올지는 몰라도 무대에 함께 설 사람도 필요하다. 장르가 판소리니 적어도 고수 한명 이상은 섭외해야 하고 새로운 공연 양식에서는 어떠한 퍼포머들이 더 필요할지 그것은 공연을 만들며 알아갈 일이다. 어쩌지… 그냥 돈이나 벌까? 아닌가? 바로 지금인가? 무언가를 시작해봐야 하는 그때가?

고등학교 역사 선생님이 이런 말을 한 적이 있다. "인생에 기회가 딱 세번 오는데, 그것을 잘 보고 정확히 잡아야 인생을 성공시킬 수 있다." 남들이 힘주어 말하는 '인생의 진리'들을 은근히 새겨듣는 편인데, 지금이 그 세번의 기회 중 하나 같았다. 새로운 작품을 만들어볼 기회. 솔직하고 담대하게 사람들을 만나기 시작했다.

스물여덟. 그 당시 내 주변은 나를 포함해 대부분이 학생이었고 새로운 것을 시도하는데 금액보다 시도 자체가 중요한 사람들이 많았다. 새로운 만남과 시도에 겁 없이 덤비는 창작자들이 도처에 있었다. 무대예술의 프로세스를 전문적으로 아는 파트너가 필요했다. 앞서 팀을 할 때 만났던 연출가를 찾아갔고 그는 흔쾌히 이 프로젝트의 파트너가 되어주었다. 작가가 필요할 것이라 판단해 연출가도 나도 브레히트를 판소리 창본으로 재창작할 작가를 찾아 헤맸다. 겨우 함께할 만한 작가를 찾았는데 갑자기 연락이 두절되었다. 시간은 점점 줄어갔고 우리는 다른 작가를 찾지 못했다. 결국 연출가는 내게 스스로 대본을 써보는 게 어떠냐고 제안했다. 5년간 활동했던 팀에서 대본을 써보았던 웜업을 기반으로 작업에 착수했다. 그렇게 태어난 대본이「사천가」라는 작품의 대본이었다.

이 공연은 태어나는 순간부터 '브레히트와 판소리가 만난다'는 이유로 엄청 많은 관심을 받았다. 살면서 가장 많은 인터뷰를 했던 때가「사천가」가 태어난 해였을 것이다. 그후 매해 앙코르 공연이 이어졌고, 해외 첫 투어에서는 최고여배우상(2010년 폴란드 콘탁 국제연극제)을 안겨주었다. 많은 국내외 초청을 받게 되면서「사천가」를 함께 만들었던 스태프와 출연진은 자연스레 사업자를 내고 함께 공연사업을 하는 팀이 되었다.「사천가」를 시작으로 그 팀은 10년간「억척가」「이방인의 노래」「판소리 단편선 주요섭: 추물/살인」「여보세요」를 만들었고 공연계의 주목을 끊임없이 받으며 달리게 된다.

*

    그러면 난 기회를 잘 잡은 거였을까? 그 800만원이 나의 기회였다면 그건 첫번째였을까? 아니면 세번째 기회였을까? '인생에 기회는 세번 온다'라는 역사 선생님의 말은 나를 움직이게도 했지만 두렵게도 했다. 기회처럼 보이는 일들을 맞닥뜨릴 때마다 조바심과 불안감이 들었다. 이번이 기회니까 완벽하게 잘해내야 한다는 강박에 종종 괴로웠다. 일이 잘 안 풀릴 때는 기회 중 하나를 대회에서 1등하면서 써버려서 그런 걸까봐, 완창으로 이미 다 소진한 것일까봐, 아니면 나도 모르는 사이 다 지나가버렸을까봐 무서웠다. 내가 둔해서 기회가 기회인 줄도 모르고 살아갈까봐 늘 두려움을 느끼기도 했다.

    하지만 수많은 '기회'들을 스쳐 지나보낸 지금은 안다. 어떤 일이든 내가 만들면 기회인 거고 기회인 줄 알았는데 싱겁게 지나가면 그냥 내 것이 아닌 해프닝일 뿐이다. 기회는 끊임없이 내 안에서 발생해 내 손으로 확실해진다. 인생은 죽기 전까지 내게 기회를 주려고 애를 쓸 것이고 그럼 나는 날아오는 수많은 기회들을 그때그때 컨디션 따라 날아오는 피구공 잡듯이 배구 스파이크 하듯이 축구 골 넣듯이 농구 덩크슛 하듯이 받아내고 되치며 뚜벅뚜벅 살아가면 되는 것이다. 잘 먹고, 잘 자고, 잘 싸면서 말이다.

가르친다는 것

||||||||

대학생이 되고 얼마 지나지 않아 판소리 레슨을 해본 적이 있다. 친구의 동네 후배가 예대 입시를 준비하는데 판소리를 배우고 싶다고 부탁해왔다. 서툴기에 더욱 열심히 임했던 생애 첫 교육이었으나 두달 정도 수업 후 입시생은 잠적했다. 수업료도 받지 못했다.

그후로 정식 수업을 해본 적은 없다. 특수 상황에서 단기간으로 지인들에게 판소리를 알려준 경험이나 「사천가」 오디션을 통해 뽑힌 소리꾼들에게 소리를 구전심수해준 적은 있지만 '제자를 가르치는 일'을 제대로 시작해본 적은 없다. 돌아가신 첫 스승님께서도 당부하셨다. "남 가르치는 일은 최대한 늦게 시작해라. 가르치기 시작하면 니 공부는 허투루 하게 된께." 인생 전반에 걸쳐 만들어가고 있는 이 미완의 소리를 누군가에게 전해주는 일이라니. 연애보다도, 친구 사귀기보다도 더 어렵고 낯설게 여겨진다. 도무지 엄두가 나질 않는다.

　해외의 워크숍에서 참여형 배움을 겪어보니 꼭 긴밀한 사제 간이 아니어도 어느 정도 예술 학습이 된 불특정 다수에게 자신의 것을 나누는 것은 가능해 보였다. 이 정도면 그래, 나도 예술인들에게 나눠주고 싶은 것들이 좀 있는 것 같았다. 그래서 파리 ARTA에서의 1주 워크숍을 시작으로 리옹에서 4일, 클루지나포카에 있는 헝가리안 시어터의 배우들과 3일간의 워크숍을 가졌다.

　워크숍을 통해 만나는 사람들은 대부분 배우였다. 그외에는 성악가나 연출가, 혹은 공연예술을 공부하는 학생이었다. 모두 외국인이어서 판소리에 대해 아는 것이 하나도 없는 이들이었다. 이들에게 판소리를 차근차근 소개하고 짧은 기간 경험 가능한 판소리 장단이나 기본 발성의 원리 그리고 그것이 스토리텔러로서 어떻게 무한 확장 가능한지 등의 설명과 가벼운 직접 경험으로의 안내들로 워크숍을 진행했다. 그들은 낯선 장단과 창법에 마구 뛰어들어 자신만의 방식들로 이 공연예술 장르를 신나게 즐겼다.

　워크숍 형식의 장르 경험은 참여자의 세계를 넓히는 데 큰 도움이 된다. 마스터로서도 참여자의 배경과 문화에 따라 새로이 발견하는 것들이 있어 재미진 경험이었다. 그러나 마스터로서 짧은 기간 온 힘을 다해 내가 다뤄오던 것들을 성심껏 나누고 돌아서자 골방에 홀로 앉아 그 시간 동안 얻은 것이 무얼까 생각하게 됐다. 진정으로 가르치는 사람이 되려면 짧은 강습 후 골방에 앉아 내가 얻은 것은 무엇일까 세어보는 것이 아니라, 긴 호흡으로 누군가의 성장을 기다리고, 그것이 어떤 식의 성장이든 잘 지켜봐야 할 것이다. 기간이 짧아서 심도 있는 전수를 하지 못해 무의미하다고 느껴지는 걸까. 긴 기간에 걸친 전수를 과연 내가 하고 싶을까. 내가 나누고 싶은 것이 무엇이고 그 과정을 통해 얻고 싶은 것은 무엇일까. 골방에 앉아 다시 생각한다. '나는 역시 누군가를 가르치기에는 아직 너무 멀었다.'

내게 갑작스런 죽음이 찾아오지 않고서야 언젠가는 스승님들께 사사받은 훌륭한 전통 판소리부터 내가 만든 판소리들까지 누군가에게는 구전심수를 하게 될 것이다. 판소리란 후대에 전수를 해야 비로소 완성되는 작업이자 장르일 테니까. 언제가 될까? 나는 어떤 제자를 만나 어떻게 서로 영향을 주고받게 될까? 과연 나는 좋은 선생이 될 수 있을까? 그의 삶에 소리 그 이상에 대한 영향을 끼치지 않으려 조심할 수 있을까? 그가 어떤 사람이건 잘 품어줄 인

내심이 있을까? 내 좋은 것들을 잘 꺼내서 아낌없이 나눠 줄 수 있을까? 과연 그것을 받을 만한 사람을 만날 수 있을까? 나는 스승님들이 내게 물려준 것들 중 좋은 것만 잘 추려서 물려줄 수 있을까?

언젠가 누군가를 가르치고 있을 미래의 나에게 당부한다. 좋은 선생이 되려 하지 말고 명확하고 깔끔한 선생이 되기를. 만나면 헤어짐이 있을 것이니 헤어져야 할 때를 잘 알고 질척거리지 말기를. 아끼는 마음이 넘치려 들 때는 다른 곳에 신경을 분산해서 부디 오버하지 말기를. 부담스럽게 너무 많이 주려고도, 아까워하며 덜 주려고도 하지 말기를.

3부

검은 터널의 시간

||||||||

바지런히 잘 굴러가는 일상 속에서 문득 이유 없는 무서움이 코앞 바싹 나타날 때가 있다. '음, 나만 멈춰 있나.' '이제 난 무엇을 할 수 있으려나.' '이대로 쓸모없이 시간을 보내다가 헛되이 죽어서 커다란 쓰레기만 남기고 떠나면 어쩌지.' 무서움은 이런 생각들을 읊으며 내 얼굴 구석구석을 훑어본다. 이렇게 무서움이 꼬리를 잇기 시작하면 나는 그 자리에 서서 주춤거린다. 몹시 궁금해진다. 다음 고난은 언제 어떤 형태로 올 것이며 내 인생이 그것으로 획득해야 할 성장과 변화는 무엇일까. 잘 살고 있는 걸까. 내 삶은 어디로 가고 있는 걸까. 이제 무엇을 해야 할까.

빌어먹을, 인생은 더럽게도 빡빡하다. 눈앞에 있는 것의 의미를 가르쳐준답시고 소멸을 선사한다. 영원히 나의 지붕이 되어줄 줄 알았던 스승님들은 일찍이 지붕을 거두고 먼저 하늘로 가버렸다. 인생이라는 선생은 사랑의 값짐을 알려주는 대신 죽을 것 같은 아픔을 요구하고, 행복한 순간의 소중함을 깨닫게 해주는 대가로 수많은 이별을 요구한다. 믿었던 이의 배신을 혹독하게 맛봐야 하고, 내 편인 줄 알았던 이의 두려움과 다름을 직시해야 하고, 결국은 나의 삶을 송두리째 '홀로서기' 코스까지 밀어붙인다. 여기서 살아남으려면 해야 할 숙제들이 있다. 너의 두려움에 반응했던 나의 두려움, 그것의 크기와 종류, 부피와 무게를 알아내야 한다. 당신의 무지를 만나 격렬하게 고생했던 나의 분노 저 이면에 숨어 있는 나의 무지, 그것이 쌓은 상처와 실망을 인정해야만 다음 미션이 주어진다. 그렇게 뜨끈한 고생을 시킨 다음에야 겨우 하나의 깨달음을 준다.

　나는 이 시간을 검은 터널의 시간이라 부른다. 알고 보니 꽤 많은 작가들이 이 시간을 검은 개의 시간, 검은 터널의 시간이라 표현하고 있었다. 검은색이 무슨 죄람. 아무튼 주어진 퀘스트를 해결하듯 삶의 검은 터널을 겨우겨우 지나오면 거짓말처럼, 언제 그런 터널이 있었냐는 듯, 하얗게 내리쬐는 햇살과 부드럽고 따뜻한 순풍이 있다. 어느 때보다도 귀중해진 햇살을 맞으며 '아, 수고했고 잘했다. 후회 없다. 나 자신!' 하고 있다가도 아니, 정말 열받게 금세 또 무서워지는 것이다. '이대로 괜찮을까?' '나 지금 잘 살고 있는 것인가?'라고 읊으며 또다시 얼굴을 들이미는 무서움.

어떠한 최선을 다해야 삶이 큰 덫들을 잘 지나갈 수 있는 것인지 도대체 모르겠다. 덫들은, 지나고 나면 틀림없이 배움을 주었기에 어쩌면 그것이 삶의 필수 과정인가 싶기도 하지만 꼭 그렇게까지 어렵고 힘들어야만 배울 수 있는 것인가 참으로 야속하다.

당신은 고난을 대비해 무엇을 하는가? 튼튼한 몸과 마음으로 씩씩하게 수풀을 헤치듯 걸어가는가? 다치지 않도록 두꺼운 방어벽을 쌓으며 고난을 대비하는가? 고난을 대비한다는 것이 가능한가? 고난을 잘 맞이하는 남다른 방법이라도 있는가? 방법을 모르는 나는 살던 대로 사는 수밖에 없다. 주어진 연습들과 체력 관리에 힘을 쓴다. 삶에 꿈처럼 찾아온 인연들과 마주 앉아 이야기에 귀를 기울인다.

기술과 건강과 사람. 이것이 나를 단단히 서서 버티게 하는 세가지다. 이 중 사람은 그 자체로 별안간 고난이 되기도 한다. 삶에 큰 힘이 되는 만큼, 마찬가지로 가장 위험한 요소다. 기술과 건강은 내 몫이지만, 사람은 반만 내 몫이기에 어쩔 수 없다. 사람이 나를 무너뜨리면 그때는 기술과 건강으로 버틴다. 버티고 또 버틴다. 그러다보면 어느새 그 무너진 기둥을 또다른 사람이 나타나 함께 받쳐준다. 오랜 친구일 때도 있고, 새로이 나타나는 친구일 때도 있다. 그래, 다시 말하면, 나는 사람의 자리에 집착하지 않으려 노력하며 기술과 건강을 돌보며 삶을 걸어간다. 그러다보면 사람의 자리에 진짜 내 사람들이 칸을 채워가고 있다.

오늘도 나는 적당한 거리 밖에서 으르렁거리는 무서움을 곁눈질하며 나의 일상을 채워간다. 빼곡하게 채워놓은 스케줄을 보면서 이것보다는 조금 덜어내고 살아야지 혼잣말하며 스스로 몰아넣은 빡빡함으로 인해 사랑하는 사람에게 실수하지는 않는지 되새김질해본다. 잘 다져놓은 인생의 순위가 혹시나 나도 모르게 커져버린 욕심으로 뒤바뀐 것은 아닌지 점검한다. 내일은 사랑하는 사람들에게 사과며 복숭아를 챙겨 가져다주어야겠다.

8층 동막골

'ǀǀǀǀǀǀ'

2시를 알리는 안내 멘트가 나가면 Kings of Convenience 의 「I Don't know What I Can Save You From(Remix)」 전 주가 흐른다.

"안녕하세요, 「뮤직스트리트」 1부 이 자 람입니다."

노래가 시작되며 줄었던 BGM 볼륨이 다시 올라간다.

MBC FM라디오에서 1년간 디제이를 한 적이 있다. 새 벽 2시부터 3시까지 진행되는 「뮤직스트리트」 1부. 우리 는 줄여서 '뮤스'라고 했던 라디오 프로그램이다. 생각해 보니 나는 연예인도 아니고 유명하지도 않았는데 어떻게 메인 라디오 채널에서 디제이를 할 수 있었을까 신기하 다. 아마도 지금과는 다른 어떤 종류의 분위기와 허용 범 위가 있었겠지. 제일 큰 공은 나를 디제이로 지목하고 밀어붙인 프로듀서에게 있다. 그는 나와 아무런 친분도 없던, 잠시 스쳐 지나간 인연이었는데 말이다.

스무살 초중반의 나는 이것저것 들어오는 일을 닥치는 대로 하며 돈 버는 법을 배우고 거절하는 방법을 알아가는 상태였다. 닥치는 대로 하던 일 중 하나가 라디오 프로그램 「여성시대」에서 토요일 오전 10시마다 N세대를 대표하는 패널로 참여한 것이다. 내 또래의 청취자들과 그러한 청취자를 둔 부모님들의 사연이 많았는데 그 사연들을 읽고, 메인 디제이들과 함께 나의 경험이나 생각들을 나누는 일이었다. 정신없는 대학생이 어떻게 토요일 오전마다 생방송을 해냈는지 신기하다. 지금 떠올려도 등골이 서늘한 순간들이 있었다. 생방송 시간에 늦어 퀵서비스 오토바이 뒷자리에 실려 겨우 도착한 적도 있고, 1층에서 8층 가는 엘리베이터를 기다리며 지금 어디쯤이냐는 작가님의 다급한 전화 목소리도 여러번 들었었다. 펑크를 냈던 기억은 다행히도 없다.

그렇게 우왕좌왕 아슬아슬하게 임했던 「여성시대」 패널은 1년 남짓 후 자연스레 끝났다. 어느 날 여느 때처럼 헐레벌떡 달려갔더니 이상하게도 스튜디오가 비어 있었고 물어볼 사람도 없이 두리번거리다가 '아, 내가 잘렸구나' 하고 깨달으며 그만두게 되었다. 갑작스럽게 실업자가 되어버린 기분에 MBC 8층에 덩그러니 서 있다 '작가가 여럿이니 서로 누군가가 나한테 연락했겠지 생각했을 거야'라고 스스로 위로하며 돌아섰다. 평소와 달리 조용했던 스튜디오를 여는 순간 뭐, 일종의 안도감도 있었다. '이제 토요일 오전에 마음껏 잘 수 있어.'

그후로 라디오와는 아무 연 없이 살고 있었다. 나는 점차 공연예술가가 되었고 창무회 「심청」 공연의 소리꾼으로 일본 투어를 돌던 때였다. 교토에 머물고 있는데 한국에서 전화가 왔다.

"나 이전에 「여성시대」할 적에 프로듀서다, 기억나지? 라디오 진행하겠느냐. 매일 새벽 2시부터 3시까지의 프로그램이다. 맞다. 말 그대로 디제이가 되는 것이다. 좋냐? 오케이. 바로 이번 주 녹음을 시작해야 한다. 지금 일본이라고? 음, 그럼 내가 녹음기와 대본을 들고 가서 일주일치 녹음을 따오겠다. 어차피 처음 하는 일이니 녹음으로 시작해야 안정적으로 방송 사고들에 대비할 수가 있다. 있는 곳이 어디냐. 교토라고. 교토의 어느 호텔인지? 오케이, 쉬는 날이 언제인지? 그날 오후를 모두 비워달라."

내 찬란한 디제이 생활은 그렇게 교토의 한 호텔방에서 시작되었다. 테이블에 낯선 마이크와 녹음기를 놓고 대본을 죽죽 읽으며 디제이를 시작한 것이다. 스튜디오가 아닌 곳에서 시작했으니 '우와 내가 진짜 디제이가 되었다!' 하는 체감은 없었다. 그저 어안이 벙벙한 기분과 호텔 바깥의 풍경과 멋지고 낯선 마이크 생김새만이 기억난다.

「뮤직스트리트」는 1, 2, 3부가 있었다. 이름은 같지만 서로 독립적인 구성이었고 1부가 가장 '영'한 분위기의 이야기와 곡들로 채워졌다면 2부는 좀더 전문적으로 팝이나 록 음악을 다루는 프로그램이었고 3부는 제3세계 음악으로 진행됐을 것이다. 3부를 제외한 1, 2부의 프로듀서들은 서로 호형호제(했을 리는 없다. 직장이니까)하듯 친밀했고, 그래서 작가도 디제이도 자연스레 사이좋은 동료들이 되었다.

나는 두 프로듀서들과 일할 기회가 있었는데 그들 모두 필요할 때 적절한 질문을 던져주는 다정한 이들이었다. 나의 성향과 말값을 믿고 내게 한 코너의 에세이를 써보도록 권하기도 하고 내가 팀의 대표 일로 힘들어하거나 고민에 빠져 있으면 별말 없이 도시락과 커피를 스튜디오로 주문해주며 쉬는 시간을 벌어주는 이들이었다. 작가들은 자신들이 비밀스레 찾아 듣는 음악들을 시디에 담아 선물해주었는데 그 목록에는 지금까지도 가끔 찾아듣는 좋은 음악들이 많다. 쓰다보니 정말 귀하고 값진 사랑을 듬뿍 받고 나누던 시간이었구나.

뮤스 1, 2부 식구들이 함께 엠티를 갔을 땐 차에다 마그
네틱 필드스Magnetic fields의 「Papa was a Rodeo」를 크게 틀어
놓고 불꽃놀이를 하기도 했으니 정말 매 순간이 낭만으로
그득한 시간과 사람들이었다. 그 당시 라디오국은 6개월
마다 계속 개편되어 프로그램의 프로듀서가 교체되고, 때
에 따라 작가나 진행자도 교체되었다. 나는 첫번째 교체
에서 무사히 살아남았고 1년이 지난 두번째 교체에서는
잘렸다. 프로듀서들은 말했다. 동막골은 이제 끝난 거야.
(당시 사랑받던 영화 「웰컴 투 동막골」 속에 그려진, 비극
이 일어나기 전 아름다운 동막골 마을에 빗대어 우리는
우리들의 라디오국 시절을 동막골이라 불렀다.)

*

뮤스 시절 8층에 들어서면 종종 배철수 아저씨를 마주
칠 수 있었다. 아저씨는 수많은 방송국 사람들에게 그러
하듯 내게도 친절하고 유쾌한 인사와 말들을 건네는 사람
이었다. 어복쟁반이라는 음식도 아저씨가 사줘서 처음 알
게 되었다. 뮤스의 마지막 방송을 녹음한 날 오후, 서울역
에서 지방 투어를 위한 기차표를 끊어놓고 홀로 돈가스
를 시켜놓고 앉아 있었다. 팀원들은 먼저 극장에 가 있었

고 나는 남은 녹음을 하고 가느라 뒤늦은 출발을 기다리
고 있었던 것이다. 너무 좋아서 늘 그리웠던 것과 단숨에
이별한 헛헛한 마음이 괴로웠다. 잘렸다는 패배감은 더
욱 괴로웠다. 쓰라린 마음들을 애써 가리며 '본업인 공연
에 집중해야지. 나는 공연인이야. 괜찮아' 하며 애를 쓰고
있었는데 전화기가 울렸다. 배철수 아저씨였다. 아저씨도
나도 별말은 하지 않았다. 위로와 안타까움을 투박하게
전하는 아저씨 목소리에 기어이 울음이 터졌다. 서울역
한가운데서 돈가스를 앞에 놓고 꺽꺽 울었던 순간이 아직
도 선명하다.

*

당신은 시간이 흐르는 것이 너무 아까워서 미치겠는 기
분을 언제 느껴보았는가.

나는 종종 느꼈다.

초등학교 5학년, 운동회가 끝나고 친구들과 물싸움을
하며

교복을 입고 걸어 다니던 포이동 보도블록 위에서

MBC 8층을 오가며 만나는 사람들과 다정한 말들을 주
고받으며

사랑하는 지인들과 제주도의 바다를 바라보며.

아름답고 소중한 시간은 틀림없이 과거가 되고 만다. 매 순간 과거로 등극되는 시간이, 때로는 너무 빠르게 느껴져 야속하다. 우리가 서로의 애수를 사랑하고 소중히 여기는 것은 다들 시간이 흐르는 것의 쩌르르한 감각을 너무 잘 알고 있기 때문일 것이다.

뮤스 시절 참 좋아하고 따르던 작가가 있었다. 많은 책과 음악 속에서 자신만의 취향을 다져온, 내게는 마치 튼튼한 문화의 성같이 느껴지던 사람이었는데 그가 8층 엘리베이터 앞에서 오에 겐자부로를 찬양한 날이 있었다. 오에 겐자부로를 전혀 몰랐던 나는 그날 바로 중고나라에서 오에 겐자부로 전집을 사다 책장에 진열해놓았다. 아직 한권도 제대로 읽은 적은 없는데 이사 때마다 이고 지고 다니는 중이다. 「뮤직스트리트」의 아름다운 시간은 이제 내 삶에 거의 남아 있지 않지만 오에 겐자부로 전집은 종종 그때를 떠올리게 해준다.

파란 스웨터
||||||||

관계에서 소외된다고 느낄 때, 혹은 집단에서 은근히 따돌림을 당한다는 감각이 들 때 파란 스웨터를 서랍에서 꺼내던 초등학교 5학년 어느 날 아침을 떠올린다.

잘 입지 않던 옷이었다. 위아래 새파란 색의 니트 투피스로, 일본어 통역 일을 하던 세련된 이모가 물려준 옷이었다. 지금도 갖고 있다면 밴드 공연 의상으로 한번쯤 입고 싶은 아주 멋진 옷이다. 그러나 초등학생의 미적 감각은 다르다. 초등학생인 내게는 좀 튀는 옷이었다. 입고 집밖을 나서기엔 부담스럽게 새파란 색이었기에 서랍에 넣어둔 채 서랍을 열고 닫을 때 서랍 벽 보듯 그저 바라보기만 했었다.

그랬던 옷을, 그날 아침, 한 손으로 집어든 채 고민했다. 이 옷을 입으면 오늘은 애들이 내게 호감을 좀 가질까? 이유 없이 소원해진 관계가 좁혀질까? 평소와 다르게 입으면 무언가 달라질 수 있을까? 며칠 전과 같이 돌아올까?

친구들 사이에서 영문도 모르고 왕따를 당하던 시절이었다. 늘 뒤로 몸을 돌려 수다를 떨던 바로 앞자리 친구가 어느 날 갑자기 나를 외면하면서부터 시작된 일이었다. 딱히 이유라도 있었다면 분위기를 풀 방법을 찾았겠지만, 그때도 지금도 이유는 알 수가 없다. 아마도 초등학교 고학년 사춘기 아이들 사이에서 순식간에 발생하는, 말로 설명하기 어려운 신경전 중 하나였을 것이다. 당사자에겐 얼마나 지옥 같은 일인지 겪어본 사람은 알 것이다.

그날 파란 옷은 내게 용기였다. 전과 같든지 다르든지 상관없다는 마음으로 입었던 전투복이었다. 미움받는 듯한 느낌이 슬프고 두려웠던 어제까지와 달리 '나를 미워하든지 말든지. 네까짓 게 뭔데. 그럼 나도 너를 차단하리라' 마음먹으며 꺼내 입은 갑옷이었다. 어린 나이에 어떻게 그런 생각을 했는지는 모르겠다. 그 파란 옷을 손에 쥐고 '나의 이모는 몇살 때쯤 이 옷을 입었을까. 그때는 주변 사람들이 괴롭히지 않았을까. 이모는 늘 멋있었겠지' 생각했다. 나 역시 지금 죽지 않는다면, 이 옷을 입었던 이모의 나이가 되어 당당하게 살아가게 될 거라고 생각했다. 지금 이 상황을 도와줄 사람은 이모도 엄마도 언니들도 아닌 나뿐이라 생각했다. 입어본 적 없는 그 새파란 옷을 그날 아침 그렇게 많은 생각과 함께 입었다.

　위아래가 새파래진 채 학교에 갔다. 한때 친한 친구였던, 이제는 낯선 아이들의 표정과 말에 크게 동요하지 않을 준비가 되었다. 왜 나를 싫어하는지 더이상 알고 싶지 않았다. 말해주지 않는다면 이유가 없는 것일지도 모른다. 무슨 일이 일어나면 우리는 서로 때릴 것인가. 그럼 싸울 것인가. 싸운다면 맞서봐야지. 맞으면 아프겠지. 내가 누군가를 때릴 수 있을까. 선생님한테 혼나고 복도에서 망신을 당하겠지. 견딜 수 없이 모욕적일지도 모른다. 하지만 차라리 무언가 폭발해버리는 게 나아. 공기로 사람을 짓누르는 게 제일 비겁하다. 그래, 비겁한 건 내가 아니라 너다, 너희들이다. 비장한 마음으로 교실에 들어섰다. 잔뜩 긴장했지만 애써 티 내지 않았다. 아마도 내 몸과 표정은 냉담했을 것이다. 파란 옷의 서늘함만큼 내 마음도 서늘했기에.

　그런데 이상하다. 돌아왔다. 그토록 바라던 며칠 전의 그 공기로 돌아왔다. 얼떨떨하네. 뭐지? 모든 것이 너무도 아무렇지 않게 제자리로 돌아왔다. 파란 옷 덕분일까, 아침에 했던 비장한 다짐이 허망할 정도로 모든 것이 그냥 돌아왔다. 나의 태도 때문에? 말투가 바뀌었나? 마치 '너를 투명인간 취급할 거야'라는 사실을 내가 알아차리게 해서 내 마음을 괴롭히는 것이 목적인 것 같았던 아이들의 악함이 깨끗이 사라졌다. 아이들이 내게 친근하게 말을 걸었다. 쓸데없는 말들을 걸어오며 '나는 널 괴롭힌 게 아냐, 알지? 나는 네 편이었어'라는 신호들을 보냈다. 정신을 차려보니 아이들은 이제 이 공기를 주도했던 내 앞자리 친구를 갑자기 못 본 척하고 있었다.

어안이 벙벙했다. 상황을 파악하는 데 시간이 좀 걸렸다. 뒤이어 크게 안도했다. 이제 지옥 같은 나날은 끝난 것이다. 통쾌했다. 앞자리 아이의 어깨가 축 쳐져 있었다. 아주 쌤통이었다. 이참에 받은 대로 다 갚아줘버릴까? 이게 얼마나 괴로운 일이었는지 제대로 알려줄까? 딱 내가 괴로웠던 만큼만 돌려주고 정리할까? 나는 지금 이 상황이 마치 피구게임과 같다는 것을 알아차렸다. 이제 피구공은 내 손에 있었고, 아이들은 반격을 기대하는 듯했다. 대체 이것은 어떻게 시작된 게임이고 어디서 어디로 움직이는 악함일까. 그럴 리 없지만 앞자리 아이의 어깨가 떨리는 것 같았다.

이모의 옷이 준 지혜였을까, 파란 스웨터를 입는 순간 결연해진 나의 마음 덕이었을까. 나는 피구공을 바닥에 내려놓는 기분으로 생각을 멈추었다. 저 아이는 이미 초라하다. 내 마음은 이미 해소되었다. 내가 바란 것은 오로지 전과 같이 평화로운 학교생활을 하는 것이지 게임을 이어가는 것이 아니었다. 게임을 멈출 방법은 몰랐지만, 굳이 플레이어가 될 필요는 없어 보였다.

하지만 내가 바닥에 공을 내려놓아도 누군가는 또 공을 손에 들고 맞출 사람을 찾을 터였다. 파란 스웨터도 내게 그 도미노를 멈출 용기와 지혜까지는 주지 못했다. 이제 막 그 먹이사슬에서 빠져나온 나에게 타인의 지옥까지 참견할 여유는 없었던 것이다.

가끔 생각한다. 지금의 나는 결연한 마음으로 파란 스웨터를 입었던 어린 나보다 나아졌을까. 지금이라면 어깨를 움츠린 앞자리 아이에게 말을 걸 수 있을까. 그때의 우리들이 안쓰러우면서도, 언제나 바란다. 그 '적당한 용기'보다 한걸음 더 나아갈 수 있기를, 다시 인생이 나를 원치 않는 게임 속으로 초대한다면 뚜벅뚜벅 걸어 들어가 피구공을 경기장 바깥으로 던져버릴 수 있기를.

집

‖‖‖‖‖

집에 가자.

집에 가자, 라는 말을 내뱉을 때 드는 안도감이 있다. 일종의 그리움인데 괴롭고 슬픈 그리움이 아니다. 어여쁜 그리움이다.

나는 서른에 가족으로부터 독립했다. 증산동에 있는 다가구주택 건물 4층의 작은 옥탑방이 나의 첫 집이었다. 옥탑방으로 통하는 철문을 열면 종종 머리 위로 바퀴벌레가 후드득 떨어지며 나를 맞던 아주 허름하고 오래된 집이었지만 나만의 첫 공간이었고 내게 무척이나 다양한 배움을 주었다. 겨울이면 화장실이 꽁꽁 얼어 아무리 히터를 틀고 보일러를 돌려도 따뜻해지지 않는 주거 공간이 있다는 것을, 추운 겨울에 차 유리에 얼어붙은 가래침을 긁어내며 세상에는 아무 이유 없이 남의 차에 침을 뱉는 이도 있다는 것을 배웠다.

그럼에도 불구하고 사람은 어쨌든 살아내는 존재라는 것도 덩달아 알려주었다. 여태껏 살면서 가장 커다랗고 아름다운 거미도 그 옥탑에서 보았고 철문과 현관문 사이의 바퀴벌레들은 그런가보다 했지만 싱크대를 돌아다니는 바퀴벌레에는 소름이 돋고 화가 났다. 밥 짓는 공간이 내겐 무척 중요한 곳인 걸 그때 알았다. 여름엔 차마 이 불가마에 가스레인지까지 켤 수 없어 땡볕뿐인 옥상에 버너를 들고 나가 라면을 끓여 먹기도 했었다. 그 옥탑방에서 나는 마음껏 소리 연습을 했고 한끼 한끼 소중하게 밥상을 차려 먹었다. 창문과 문으로 시원하게 미끄러져 들어오는 사계절을 벗 삼아 삶을 사랑했다.

그다음엔 홍대 앞 인디 뮤지션이 흔히 그러듯 합정역 근처로 거처를 옮겼다. 시세보다 너무 싸서 걱정을 했는데 아니나 다를까 이사 날 갑자기 집주인이 바뀌어 하마터면 애초 계약한 것보다 높은 금액을 지불할 뻔했다. 다행히 부동산 경험이 좀 있는 지인 덕분에 운 좋게 시세보다 낮은 금액에 계약을 했다. 그 집의 새로운 주인은 수학 선생님이었는데, 내가 운이 좋았던 만큼 그분은 전 주인에게 속은 느낌이었다. 월세를 훨씬 올려 받을 수 있을 거란 말을 듣고 집을 샀으리라. 반듯하고 검소한 옷차림에

키가 크고 마른 분이셨다. 말수는 많지 않았지만 흘러나오는 말들이 우아했다. 새로운 집주인은 이사 당일 집에 찾아와 이런저런 서류를 확인하더니 잘 살아달라 부탁하고 조용히 발걸음을 돌렸다. 간혹 자신의 학생들에게 나의 작품을 보여주고 싶다며 티켓 예매 방법을 물어오시기도 했다. 그 집에서 4년을 감사히 잘 살았다.

그리고 지금의 집을 만났다. 주변에 나무가 많은 곳을 찾고 싶어서 모니터에 지도를 띄워놓고 초록색마다 클릭했다. 그러다 처음 듣는 이름의 동네를 발견했다. 버스를 타고 낯선 풍경을 구경하며 인터넷에서 보아둔 부동산을 찾아갔다. 하필 부재중인 부동산 사장님을 기다리며 부동산 앞 벤치에 앉아 풍경을 구경하는데 와글거리는 초등학생 무리가 점점 가까워지더니 벤치 옆 정자로 하나둘 신발을 벗어던지고 올라갔다. 겨울이 넘보는 가을이었기에 햇살은 화려하고 바람은 차가운 날이었다. 제법 추운 날씨였지만 이 친구들은 뜨거워 보였다. 조그만 인간들이 정자에 모여 와글대며 조별 수업 준비를 하는 동네라니. 순식간에 마음을 사로잡혔다. 이곳에 살아야겠다 싶었다.

젠트리피케이션이 메뚜기 떼처럼 여기저기 옮겨 다니며 사방을 피폐하게 만드는 서울이지만 어느 도시든 벌어진 틈새가 있다. 그 틈새에는 미처 새로 짓지 못한 옛날식

연립주택들이 있다. 그런 주택들은 오랜 시간 집값이 오르지 않고, 주민들은 그곳에 오래 살아온 이들이 대부분이다. 그렇게 지금 살고 있는 산 위의 오래된 집을 만났다.

나의 지난 집들을 사랑했듯이, 지금 살고 있는 집을 사랑한다. 여기저기 오래되어 보기 좋지 않은 곳투성이에 이곳저곳 끊임없이 손을 봐줘야 하는 곳이지만 상관없다. 이렇게나 오랜 시간 제 모습을 유지하고 우리를 안전하게 품어주니 고마울 따름이다. 인사를 나눌 수 있는 좋은 이웃들을 만났고 새와 매미가 잠을 깨우는 아침을 만났다. 내 발로 찾아와 내 의지로 얻은 이 작고 소중한 곳에서 삶을 열심히 맞이하고 흘려보내며 지내는 중이다.

언제나 거처하는 곳을 좋아하는 편이다. 어린 시절 이사 다니며 살았던 수많은 연립주택들과 여름마다 한달씩 들어가 살았던 지리산 이곳저곳의 산 공부 숙소들, 대학 시절 전전긍긍하던 하숙집이며 자취방들과 공연 투어로 묵었던 전세계의 호텔들까지. 정말 많은 곳들이 "집에 가자"라는 말의 주인이 되어주었다. 때론 더러웠고, 때론 좁았고, 때론 시끄러웠지만 내 돌아갈 곳이 되어준 고마운 곳들이다. 어쩌면 어디서든 내가 나의 집이 되어줄 준비를 하며 살아온 것도 같다.

집에 가자, 라고 말하면 그때부터 마음이 든든해진다.

내 한 몸 누일 곳이 있다는 사실은 그 어떤 것과도 바꿀 수 없는 안도감을 준다. 나를 끌어당기며 '야, 오늘도 힘들었지, 진짜 세상 만만치 않지, 고생했어, 이리 와' 하며 세상으로부터 단절시켜주는 곳. 수많은 다름으로 기쁘기도 하고 상처 입기도 하며 풀가동했던 내 몸과 마음의 스위치를 꺼주는 곳.

그곳이 집이다.

부유와 가난의 한중간

||||||||

가난해본 적은 있어도 부유해본 적은 없다.

늘 그랬다. 가난은 꽤 오랜 시절 겪은 것 같은데 부유는 시작점에도 못 미쳐본 것 같다. 아니, 다시 생각해보니 가난도 잘 모르는 것 같다. 온 집안에 분홍색 압류 딱지가 붙고 이사를 자주 했을지언정 매체에 나오는 가난의 묘사처럼 끼니를 못 먹어 친구 도시락이 부러웠던 적은 없었으니 말이다.

내가 아는 부유함은 드라마에서 본 정보가 전부다. 높은 담장 안의 넓은 정원, 자동으로 열리는 주차장, 천장이 높은 대리석 부엌, 운전기사가 딸린 으리으리한 자동차. 부유한 이들은 밥 한끼를 먹어도 고급 초밥 이상만 먹을 것 같고 매일 저녁 랍스터나 투플러스 횡성 한우를 먹을 것 같다. 아차, 현대인의 부유함은 온갖 유기농 야채와 호텔에서나 먹을 법한 소스를 마음껏 사서 먹는 것일 수도.

어려서부터 삶이라는 것은 지금보다 부유해지고 지금보다 유명해지는 것이어야 한다고 배웠다. 위인전부터 드라마나 영화까지 온 세상이 그렇게 가르쳤다. 어린 나는 어른이 되면 번듯한 현관문이 달린 넓고 깨끗한 집에 살게 될 줄 알았고, 그래야 하는 줄 알았다. 착실하게 잘 살다보면 그런 부귀영화가 오고 마는 것인 줄 알았다. 누가 나를 힘들게 하면 속으로 '너 나중에 두고 보자. 내가 완전 잘나가게 되면 내가 너, 너, 너, 꼭 모르는 척할 거야!' 하며 이겨낸 시절도 있었다. 삶이라는 게 그렇게 견디다보면 왼손에는 남이 부러워할 큰돈을, 오른손에는 아무도 나를 무시 못할 권력을 갖게 되는 방향으로 향하는 것인 줄 알았다.

누가 내게 행운을 비처럼 뿌려준 것인지 몰라도 그런 부자가 되는 결말은 신기루라는 것을 빠르게 깨달았다. 세상은 우리에게 '권력을 갖기만 하면 무엇이든 할 수 있는 사람'이 될 것이며 그러므로 권력을 갖기 위해 '지금은 좀 제 살을 깎아야 하지만', 이 시간이 지나면 '억울했던 만큼 마음껏 모든 것을 마음대로 부려먹을 수 있다'라는 거짓 환상으로 우리를 유혹하고 비뚤어지게 한다는 것을 알게 되었다.

그 신기루를 향해 치달린 사람들이었을까, 권력을 쥔 사람들은 쉽게 후져지더라. 대부분의 가진 자들은 가진 것을 유지하고 팽창시키기 위해 인간적으로 사는 방법들을 비인간적인 것으로 치환하고, 그 선택을 부끄러워해야 할 감각은 자신의 삶에서 그냥 삭제해버린다는 것을 알았다. 그 과정에서 신념도 양심도 인간이나 생명에 대한 존중도 삭제되어버린다. 한때 존경하던 사람이 권력의 맛에 취해 누군가의 인권을 유린했다는 것을 알게 되는 경험이 쌓일 때마다 만약 내 삶에 힘이 주어지면 어떻게 할 것인가, 어떻게 운용해야 독이 아닌 것으로 흘러서 다른 곳으로 유용하게 이어질 것인가 고민하게 된다.

내 통장 잔고는 조금씩 숫자를 불려가지만 이 숫자의 보폭은 어려서 내가 꿈꿨던 것처럼 드라마틱하지는 않을 것이라는 것을 알게 되었다. 언젠가 가질 수 있을 줄 알았던 마당이 있는 단독주택도 내 삶과는 거리가 멀다는 것도 알게 되었다. 하지만 그러한 상황이 내 삶에 문제가 되는가, 자문했을 때 사실은 그리 큰 문제가 아니라는 것을 요즘 배우고 있다. '나아지는 삶'이란 집 평수나 자동차 가격에 달려 있는 것이 아니라 내 옆에 누가 있는지, 내 마음과 기분이 하루에 몇번 좋은지, 오늘 음식을 먹으며 얼마나 맛있다 좋아했는지와 같은 것이라는 것을 어슴푸레 알아가고 있다. (물론 이것들은 통장 잔고가 늘어났을 때 더 가능하다. 인간은 건강한 음식과 쾌적한 잠자리를 누려야 한다. 사회의 하한선은 지금보다 훨씬 더 높아져야 한다. 자신은 먹지 않을 음식을 가난한 이에게 주려는 자가 사회의 어른 역할을 하면 안 되고말고.)

나는 더 나아질 것이다. 통장 잔고를 늘림으로써가 아니라 옆에 있는 사람들과 조금 더 함께 재미난 것을 유지하며, 집의 평수를 늘림으로써가 아니라 맛있는 음식을 한가지씩 더 알아가며 말이다.

나와 타인의 한중간

'||||||'

한때 나는 내가 타인에게 늘 친근한, 쉽게 마음을 열 수 있는 사람이라고 생각했었다. 학창 시절만 해도 스스로를 엄청 털털한 사람이라 여기고 누구나와 친해질 수 있다고 믿었다. 돌아보면 친구들과 차별 가득한 농담을 나누며 나의 무한한 털털함을 증명하려고 했던 순간들이 기억에 촘촘하다. 과연 나는 털털한 사람이었을까? 친절한 말로 무장되어 있지만 내성적인 사람인 지금의 내가 과거의 나를 의심한다. 사실 원래 이런 사람이었던 것일까? 살다보니 변화한 것일까? 삶에 의해 변화된 것일까? 살다보니 필요해서 스스로를 변화시킨 것일까?

분명한 사실은 지금도 나는 변화하고 있다는 것이다. 물리적으로 세포가 변하고 있고 그에 따라 마음과 정신도 변화하고 있다.

삶이 흐르는 가운데 크고 작은 사건들을 겪을 때마다 매번 껍질 까듯 달라지는 내가, 마찬가지로 수도 없이 껍질을 벗으며 살아가는 누군가를 만나서 서로를 마주 보는 일은 얼마나 놀라운가. 우리는 늘 누군가를 만난다. 일을 해야 해서, 물건을 사야 해서, 길을 걷다보니 우연히 말이다. 어떤 이와는 만남이 이어져 친구가 되고 어떤 이와는 사랑을 주고받게 된다. 만난다는 것은 값진 일이다. 참으로 용감한 일이다. 한치 앞도 예측할 수 없는 서로의 불완전함과 삶의 변화들을 함께 맞이해보자고 하는 일은 얼마나 무섭고 또한 믿음직한 일인가. 그리고 그것을 두려움에 찬 확인이 아닌 확신에 찬 반가움으로 용기 있게 시작해보는 만남들은 얼마나 아름답고 유쾌한가.

모든 만남들은 마치 물 위에 떠서 각자 중심을 잡고 서로의 손을 잡으려 하는 일과 같다. 자칫 나의 중심이 흐트러지거나 상대의 중심이 흐트러지는 순간, 둘 다 물에 풍덩 빠져버리고 마는 것이다. 그러니 좋게 만나기 위해서는 우리 모두 각자의 한중간에 잘 서서 서로의 한중간을 잘 발견해야 한다.

만난다는 것은 아주 재미있는 시작 같다. 그 과정과 끝에서 우리는 또다시 자신의 몸과 마음을 변화시키며 챕터 하나를 쌓아간다. 어떠한 챕터는 생의 시작부터 끝까지 함께하기도 하고 어떠한 챕터는 시작도 전에 찢겨나간다. 그 속에 쌓이는 이야기는 내 손으로 지어가는 듯하지만 잘 들여다보면 항상 나와 함께 써내려가고 있는 이가 있다. 내 삶에 쌓일 각각의 에피소드들이 어느 방향으로 길을 틀며 챕터를 쌓아가고 있는지 지금의 내가 알 리 없지마는, 마지막까지 함께 이야기를 쌓아올리고 싶은 만남들이 단단히 뿌리를 잘 내릴 수 있도록, 재미난 만남들이 아름다운 방향에서 계속 흘러올 수 있도록, 몸과 마음의 텃밭을 일구는 일에 게을러지지 말아야겠다.

무식 시리즈

||||||

    중학교 시절 친구들 사이에 '이자람 시리즈'라는 것이 있었다.

    중학생 이자람은 학교에서 딱히 도드라지는 '인싸'도 아니었고 친구들이 크게 신경 쓰는 유명인도 아니었다. 모두가 스스로를 특별히 여기도록 교육받은 예술학교 학생들이었기에, 방송이나 공연으로 주목받는 건 그다지 대단한 일이 아니라는 분위기가 있었다. 교실에 카메라가 들어오면 카메라가 담으려는 주인공은 엄청 미안해했고 다들 카메라가 들어오건 말건 시큰둥했었다. 하지만 시리즈가 있었다니… 사실은 주목받았구나 이자람! 싶을 것인데 그 시리즈라는 것이 다른 말로는 '이자람 무식 시리즈'이다.

　중학교 입학 전에 영어학원을 다니지 않았다. 그저 집에서 엄마에게 『성문기본영어』 2장 정도까지 다섯번쯤 배우고 중학생이 되었다. 입시 경쟁을 뚫고 들어온 국악학교 친구들은 이미 첫 영어 수업 때 영어를 읽을 수 있었다. 험난한 마음이 들었다. 나는 샤넬을 '채널'로, 디자인은 '디씨근'으로, 머신을 '매치니'라고 읽는 애였다. 이자람 무식 시리즈의 정확한 시작점은 모르겠으나 시리즈의 포문을 연 것은 샤넬을 채널이라고 읽은 후부터다. 그후로 친구들은 신나게 이야기를 나누다가도 멍한 표정의 나를 포착하면 "야, 너 이거 뜻 알아?" 하고 확인하곤 했다. 때로는 알고, 때로는 모르는 것들에 대해서.

　어느 날 갑자기 누군가가 "애니메이션 보여준대!" 하고 소리를 질러 모두가 와아아아! 하며 강당으로 뛰어갔다. 왜 뭔데, 애니메이션 보여준대, 오 그래? 와아 애니메이션! 하며 모두가 신이 나서 강당으로 가 좌석으로 퐁당퐁당 몸을 던졌다. 스크린에 디즈니의 「알라딘」이 상영되었다. 신이 났다. 친구들하고 다 같이 이런 걸 보니 진짜 재미있었다. 함께 탄성을 지르고 까르르 웃으며 영화 한편을 즐겁게도 봤다. 영화가 끝나고 신나는 음악과 함께 엔

딩 크레딧이 올라갈 때 나는 신이 나서 해맑게 웃으며 뒷 좌석 친구에게 물었다.

"야 근데 애니메이션은 언제 나와? 우리 오늘 영화 두 개 보는 건가?"

*

꼭 영어와 관련된 시리즈만 있는 것은 아니었다. 텔레 비전을 보지 않던 나였기에 친구들이 드라마나 예능 프로 그램 이야기를 할 때 잘 섞이지 못했다. 하지만 이야기를 나누는 친구들이 높은 텐션으로 까르르까르르 하는 날이 면 무엇이라도 섞여 보고 싶었다.

하루는 수학여행을 가는 버스 안에서, 입심 좋은 친구 가 재미지게 이야기 중이었다. 가만히 들어보니 요즘 인 기 있는 드라마 이야기다 싶었고 그 드라마가 바로 얼마 전 서사의 정점을 찍은 듯했다. 흥미진진했다. 드라마를 보지 않은 나도 대략 무슨 상황이며, 주인공의 고모가 어 떤 역할을 하고 있는지, 그래서 주인공이 어떠한 고난을 당하는 상태인지 알 것만 같았다. 다들 숨을 죽였다가 같 이 분노했다가 임채무라는 배우의 욕을 했다가 하며 그 친구의 이야기에 집중하고 있었다. 나도 맞장구를 치며 숨죽이며 함께 듣고 있었다. 고모가 문제구만. 으으 왜 저러는 거야. 대략 함께 이야기를 잘 타고 있는 것이 신이 났다. 역시 드라마 굳이 다 볼 필요 없어. 이렇게 이야기만 들어도 재미있는걸. 신이 난 나는 딱 끼어들기 좋을 것 같은 타이밍에 큰 소리로 물었다.

"그러니까, 지금 그 임채무가 고모인 거지?"

애들은 어이없는 표정으로 말을 멈췄다가, 에혀, 내버려두자 하는 표정으로 다시 이야기를 이어갔다. 임채무는 고모가 아니구나, 그냥 가만히 있을걸 생각했다.

*

국악학교 학생들은 하굣길에 강남역이나 양재역, 잠실이나 송파로 간다. 나는 강남역 파였다. 강남역에 롯데리아와 맥도날드가 하나둘 생기기 시작해 우리는 엄청 들떴다. 하루는 다 같이 작정하고 맥도날드를 가기로 했다. 강남역을 향하는 버스 안에서부터 이미 우리는 패스트푸드 패스트푸드 노래를 불렀다. 신이 났다.

맥도날드에 도착해 각자 햄버거와 음료를 고르고 치킨너깃을 함께 사서 자리에 앉았다. 각자의 햄버거를 소중하게 열어 열심히 먹다가 갑자기 한 친구가 먹던 걸 멈추고 나를 바라봤다. "야, 이자람. 너 패스트푸드 뭔지 알아?" "어 알지. 우리가 먹고 있잖아." "뭔데?" "…이거, 치킨!" "야, 이자람이 패스트푸드가 치킨이래. 으하하하하!" 애들은 또 신나게 나를 놀렸고 나는 그 순간 오로지 패스트푸드의 뜻을 너무 알고 싶었다. 집에 와서 엄마에게 물어보고는 또 작은 탄식의 한숨이 나왔다.

'하… 그냥 이거,라고만 하고 끝낼걸.'

*

무식 시리즈 덕분에 학창 시절에 기분 좋은 놀림을 많이 받았다. 나의 무식함과 허술함은 오히려 남보다 조금 더 있었던 이름값 때문에 나를 불편해하던 친구들이 내게 허물없이 다가오게끔 만드는 장점이 되었다. 허술함은 여전히 나의 큰 특징이다. 나 스스로도 놀랄 만큼 맹한 순간이 종종 있다. 공연이 인생의 주가 된 이후 점점 꼼꼼해지고 예민해지는 성격을 나의 허술함이 보드라운 쿠션처럼 토닥여줄 때가 정말 많다.

따뜻하게 놀려주던 친구들은 지금 어디서 무엇을 하고 있을까. 나는 굶주려서 배에서 소리가 나는 건 아니지만, 천상병 시인의 시 「동창」이 생각난다.

동창同窓

지금은 다 뭣들을 하고 있을까?
지금은 얼마나 출세를 했을까?
지금은 어디를 걷고 있을까?

점심을 먹고 있을까?
지금은 이사관이 됐을까?
지금은 가로수 밑을 걷고 있을까?

나는 지금 걷고 있지만,
굶주려서 배에서 무슨 소리가 나지마는
그들은 다 무엇들을 하고 있을까?

나의 이불들

‖‖‖‖‖‖

나에게는 친구가 있다.

이 문장은 깊다.

나에게는 자신의 삶의 주인으로 곧게 서서 뚜벅뚜벅 걸어가는 훌륭한 친구들이 있다. 친구가 많은 편은 아니지만 내 삶을 충만하게 해주는 아름답게 깊은 우정들이 있다. 이 깊은 우정들은 서로를 존중하고 사랑하고 응원하며 계속 은은한 빛을 낸다. 자랑하지 않아도 된다. 소중한만큼 소중히 여기면 그만이다. 우리는 그저 살아간다. 서로의 인생을 응원하는 귀하고 오랜 관계들이 여기저기에서 잘들 살고 있다.

마음속에 밭이 하나 있다. 이 밭은 아주 자그마하지만 풀냄새가 향기로운 평화로운 밭이다. 이 밭 한뙈기를 짓는 데 삶의 절반 이상을 헤매고 아프고 놀라고 깨닫고 베어내고 포기하고 인정하며 시간을 써야 했다. 많은 이들이 놀러왔었다. 한때는 사람이 가득한 잔치의 나날도 있었고 향기로운 장미만으로 가득하기도 했었다. 어떤 이는 기대보다 재미가 없다고 떠나가기도 하고 어떤 이는 더 숨겨놓은 것이 없는지 땅을 헤집기에 울면서 내쫓기도 했다. 지금의 밭은 전보다는 견고해진 울타리를 둘러치고 많은 사람의 방문보다는 함께 가만히 앉아 있기만 해도 편안한 사람들의 방문을 반기는 밭이다. 이러한 마음의 밭은 모두가 마음속에 가지고 있을 것이다.

내 밭이 소중한 만큼 다른 이의 밭도 어렵사리 가꾸어가는 소중한 곳이다. 그러므로 이 소중한 밭들은 초대할 사람을 고르는 일에도 각별히 힘을 써야 한다. 어쩌면 사람은 자신의 밭에 들여도 되는 사람이 누구인지 배우고 추려가는 데 온 힘과 시간을 쓰며 살아가는지도 모르겠다.

나에게는 친구가 있다.

일도 삶도 버무려서 주변 이들과 맛있게 나눠 먹는 친구, 멀찍이서 고개를 끄덕이며 그저 편이 되어주는 친구, 각자 다른 모양의 삶의 가지 아래에서 뿌리 깊이 서로 사랑하는 친구, 우리가 이고 지고 사는 우리의 부정과 부패더미를 서로 들어주며 힘내서 치워가자고 응원하는 친구. 서로가 빚은 소중한 가족들을 응원하고 헤아리며 때때로

삶의 절벽에서 손을 꽉 붙잡아 건져 올려주는 친구가 있다.

참 고마운,

삶의 이불 같은 친구들이 있다.

적당한 거리두기

"숲속에 있는 어느 집에 들어갔습니다. 집에 들어서자 창밖으로 뭐가 지나갔습니다. 무엇이 지나갔을까요?"

"사람!"

"네. 창문 밖으로 지나간 그것이 현재 당신이 가장 무서워하는 것입니다."

— 친구들과 심리테스트 놀이 중

내겐 오래된 문화가 하나 있다. 음식을 차리고 사람을 초대해 함께 나누어 먹는 것이다. 음식을 잘하는 것도 아니고 자랑할 만한 집에 사는 것도 아니다. 그저 언제부터인지 모르게 서툰 요리라도 손 크게 해서 나누어 먹다보니 이것을 좋아하는 사람이 되었다. 음식을 함께 먹어줄 수 있는 사람들이 있어서 참 다행이다. 이 바쁜 시절에 여기까지 걸음해주는 사람들이 늘 고맙다.

그렇다고 내가 흔히 말하는 '인싸'는 아니다. 굳이 말하면 '내성적인 집순이'가 더 가깝다. 사람들과 함께 밥 먹기를 좋아하는 것은 내성적인 집순이의 일종의 염려다. 내 마음 밭 주변의 사람들이 잘 먹으면 좋겠다. 그들이 좋은 재료로 좋은 끼니를 잘 차려 먹으며 지내는지 염려한다. 그들의 마음이 쓸쓸해 보일 때, 몸 컨디션이 좀 떨어졌을 때 나는 다짜고짜 밥을 차려주려고 든다. 꼭 그런 이유가 아니더라도 '잘 지내고 있을까? 한번쯤 다시 밥을 함께 먹을 때가 되었는데' 싶으면 재료를 주문하며 연락을 해본다. 지금은 정확히 하나의 즐거운 문화로 정착했지만, 이전에는 이렇게 남의 끼니를 신경 쓰는 것이 나의 문화였는지 혹은 강박이었는지 모르겠다.

사람들과 함께 모여 무언가 일을 도모한 적이 크게 두번 있었다. 그중 첫번째가 스무살 초중반을 함께 보낸 열명의 모임이다. 겁 없이 사람을 모았고 모인 이들과 팀이 되어 공연을 만들고 인기를 얻었다. 우리는 어려서 뭘 몰랐고 그래서 뜨거웠고 그만큼 어리석었다. 그 시절, 설이나 추석과 같은 명절이면 집에서 전을 정말 많이 부쳤다. 명절에 집에 못 내려가고 연습해야 할 단체 식구들을 생각하며 얼얼한 무릎을 꾹 눌러 붙이고 앉아 참 많이도 부쳤다.

전이 식기 전에 나눠 먹고 싶어서 그릇에 담고 옷으로 싸고 비닐도 한번 더 둘러 연습실에 가져갔다. 매해 그렇게 열심히 나누어 먹다가 5년이 지나고 홀홀히 그만두었다.

그후 두번째 모임은 그보다 훨씬 프로페셔널한 일을 도모하는 곳이었다. 팀 탄생부터가 작품의 성공을 딛고 시작되었기에 이 집단은 공연 투어와 기획을 위한 전문 집단이었다. 전문 집단이라고 해도 그 안에서 10년을 보내는 동안 역시나 항상 음식을 차려 나누어 먹고 싶은 식구 같은 관계들이 되었다. 나는 또 사람들이 잘 먹고 지내는가에 신경과 애를 쓰며 많은 것을 얻었고 기뻤고 사랑했고 믿었고 달라졌고 달라지는 타이밍을 서로 맞추지 못했고 다쳤고 아팠고 지나왔다. 함께하는 시간 동안 열심히 함께 먹었다. 그래, 후회할 것 없을 만큼 여러가지를 함께 많이 먹었다.

*

이제 나는 홀로 서 있다.

일을 함에 있어 일 외의 다른 것들에 서툴게 신경 쓰지 않으려고 홀로 섰다. 내 안의 목소리를 잘 들으려고 홀로 섰다. 겁 없이 앞으로 나아가고 싶어서 홀로 섰다. 해보고

자 하는 것들을 제약 없이 해보고자 홀로 섰다. 용감한 것인지 겁이 많은 것인지 모르겠지만 커다란 힘을 써서 홀로서기를 시작했다.

홀로 섰다고 정말 아무도 없을 것이라 생각하는 이들도 있지만 아시다시피 삶은 홀로 살아갈 수 없다. 홀로 섰기에 오히려 더 많은 사람을 얻었다. 지금은 각자의 자리에서 홀로 서 있는 사람들과 헤쳐 모이며 일을 도모한다. 이 동료들과 서로의 세계를 존중하고 응원하며 아껴준다. 언제든 서로 다른 곳을 바라볼 수 있기에 그가 어떤 선택으로 어떤 변화를 시작하든 그저 좋은 거리를 유지하며 바라본다.

늘 사람이 제일 무서웠다. 어렵고 알 수 없고 두렵다. 어쩌면 좋아해서 그런 모양이다. 여전히 나는 상을 차린다. 차려주었던 밥상을 후회한 적은 없다. 어떠한 관계로 변하든지 간에 지금 내 옆의 사람, 내 마음 근처에 서성이는 사람과 맛있는 것을 나눠 먹는 일은 참 중요하다. 한 상 나눠 먹으며 서로를 좀더 보여주는 것이고, 한 상 주고받으며 서로의 욕망들을 조금 더 꺼내는 것이고, 그렇게 서로 눈을 맞추며 조금씩 더 가까워지는 것이다. 나는 부디 앞으로도 나와 타인을 위한 이 상차림을 멈추지 말고 살아가기를 스스로에게 바란다.

허세

ᵘᴵᴵᴵᴵᴵᴵᵘ

나는 정말 허세가 많은 청년이었다. 물론 지금도 그놈의 허세가 불쑥불쑥 튀어올라와 남이 보기 전에 얼른 욱여넣느라 식은땀이 날 때가 많다. 내가 원하는 나는 이런 허세쟁이가 아닌데 대체 왜 이럴까 싶다. 아마도 지독한 허세꾼의 피가 흐르는 모양이다. 평생 열심히 자나 깨나 허세를 조심해야 망신살을 피할 수 있을 거라 생각한다. 나의 허세는 헛웃음이 나올 지경으로 웃기는 것들인데 지금도 떠올리면 쥐구멍에 숨고 싶은 해프닝이 많다.

허세가 망친 강렬한 인터뷰가 두가지 있다.

하나는 고등학생 때 일이다.

우리 집에는 아무리 잦은 이사 속에서도 피아노와 더불어 꾸역꾸역 비좁은 집들의 한 자리를 차지하며 따라다니던 책장이 있었다. 책장에 잔뜩 꽂힌 엄마 아빠의 책들은 이제 눈 감고도 제목을 댈 수 있을 정도로 익숙했다. 어느 새 내 얄팍한 자아는 시신경이 외워둔 그 책들에 대해 마치 내가 다 읽은 지식들인 양 흐뭇해하기 시작했다. 책장 한중간에 꽂혀 있는 버트런드 러셀의 『인생론』이며 앙드레 지드의 『좁은 문』, 도스토옙스키의 『죄와 벌』, 아리스토텔레스의 『시학』 등 수많은 책들이 아주 익숙하고 능통한 책인 듯한 착각이 들었다.

당시 학생인 내게 「심청가」 완창과 관련해 인터뷰 요청이 쏟아졌다. 인터뷰 하면 대답하는 사람의 이름이 간판에 쓰여 있는 쇼윈도 안에 묻는 사람과 답하는 사람이 들어가 있는 장면이 떠오른다. 가게 주인은 인터뷰가 실리는 매체이고 주인에게 월급 받는 사람이 쇼윈도 속의 묻는 사람인 게지. 그 당시엔 모르는 사람들이 나를 찾아와 이것저것 묻는 것이 기분이 좋았다. 물론 반복하다보니 머지않아 왜 같은 질문에 같은 답을 계속 해야 하는지 귀찮아지기 시작했지만 그래도 관심을 받는 것이 못내 기분 좋았다. 남모를 내 구석구석의 멋짐을 타인에게 은근히 자랑할 시간이었다. 나는 껄렁이는 마음과 으쓱하는 기분으로 인터뷰 장소로 가곤 했다.

집 앞 카페에서 인터뷰 약속이 있던 날, 나는 부러 인터뷰 이후에 동네 친구들과 쓸데없이 동네를 어슬렁거릴 약

속을 해놓았다. '지겨운 인터뷰는 얼른 해치우고 그리운 친구들과 저녁을 보내야지.' 셀럽도 아닌 새파란 것이 마치 원치 않는 관심이 지겨운 듯한 제스처를 스스로에게 하는 나날이었던 것이다. 부러 일정을 빡빡하게 잡아놓고 바쁜 척을 하는 것이다. 헌데 그날의 인터뷰는 예상외의 질문들로 인해 궤도를 벗어났다.

시작은 이러했다.

"요즘 읽는 책은 뭐예요?"

"아, 저는 책을 한번에 이거저거 읽어요."

"그럼 가장 크게 영향을 받은 책은?"

그 순간 머릿속에 엄마 아빠 책장이 사진처럼 떠올랐다. 한가운데 러셀의 『인생론』이 보였다.

"러셀의 『인생론』요."

"우와 고등학생이 『인생론』을? 대단하네. 어떤 부분이 영향을 주던가요?"

"…딱히 콕 짚어 말하기는 어려운데."

"생각나는 부분만 좀 말해줄래요?"

"그 책이 제 인생을 바꾸어놓은 거나 마찬가지인데 부분만 말하기는 좀 어렵네요…"

"아, 한 부분을 설명하기는 어려우신가봐요?"

"네, 책을 외워서 읽는 타입은 아니라서…"

"아하하하, 그렇군요. 네네. ○○○ ○○○○ ○○○○
○○ ○○○○…"

안 들렸다. 너무 창피해서 그다음 말들은 들리지도 않
았다. 싸움도 없었는데 나는 완전히 졌다. 상대에게 진 것
이 아니라 나의 얄팍한 자아로 인해 스스로 KO패를 당했
다. 그 기자는 얼마나 어이가 없었을까. 사실은 다 알았을
텐데 친절하게 스스로 녹다운될 수 있게 안내해준 거겠
지. 우와 진짜 너무 창피했다. 시간을 되돌릴 수 있다면 러
셀이니 뭐니 떠들지 않았을 텐데. 잠자코 있을걸. 애초에
인터뷰를 하지 말걸. 바쁜 척하지 말걸. 그냥 아무것도 하
지 말걸!

*

대학원생이 되어 또 한번의 이슈로 인터뷰를 했다. 완
창이었거나 「사천가」 공연 때문이었겠지. 장소는 상수역
에 있는 익숙한 카페였다. 판소리 이야기를 하다가 그때
한창 사사중인 「적벽가」 이야기로 흘러 스승이신 송순섭
선생님 이야기까지 다다랐다. 나는 스승님의 문학적 예민

231

함을 자랑하기 시작했다. 송순섭 선생님은 말의 어단성장과 고저장단에 엄격한 귀를 가졌고 고어와 한자어들이 잘못 사용되는 것에 예민한 분이다. 그러한 선생님의 제자인 만큼 문학에 어긋남 없이 소리를 하노라고 자신 있게 이야기를 이어갔다. 이야기를 하다보니 흥이 좀 올라 하나의 예시로 "대하에 계시허고"(원문은 '계하에 대시허고'인데 그 순간 내가 두개의 글자를 서로 헷갈리게 기억해버렸다)를 요즘 종종 잘못 뒤바꿔 부른다고 말했다.

"계단 아래 기다리고 서 있다는 뜻이라고 선생님이 설명해주셨죠."

"아하… 그런데 혹시 '계하에 대시허고'가 아닐까요?"

"아니죠. 제가 매일 외우는 가사인걸요. 그렇다면 틀림이 없습니다."

"아… 틀릴 거라는 생각은 아예 안 하시나요?"

"그럼요. 선생님의 가사집이고 뜻풀이며 제가 매일 연습하는 가사니 틀릴 리가 없습니다."

"아… 그렇군요."

"……"

틀릴 리가 없다니! 미친 거 아닌가! 어떻게 그런 말을 내뱉을 수가 있었을까! 이미 나는 직감하고 있었다. 무언가 단단히 실수를 했는데 확인하고 번복할 자신은 없었다. 뭔가 찝찝하고 창피했다. 어색하고 뻐근하게 인터뷰가 끝났다. 인터뷰 직후 집으로 달려가 후다닥 「적벽가」 책을 펴 보았다. 아…! 역시나 우려했던 대로 '계하에 대시 허고'가 맞았다. 기자가 되물었던 바로 그것이 맞았다. 우매한 소리꾼들이 뜻도 모르고 뒤바꿔들 부른다고 혀를 찼던 내가, 바로 내 자신이 뒤바꾸어 말하며 예시를 들었다! 그러고는 그것을 지적한 사람 앞에서 그만 모든 것이 옳고 맞는 사람이고 싶은 우스운 욕망에 휘둘려 내가 내뱉어버린 말이 맞다고 박박 우겨버린 것이다. 아, 나는 너무 창피한 사람이다. 나는 너무 얄팍하고 가벼운 존재다. 잘 알지도 못하면서 아는 척하고 설상가상으로 잘못을 지적받으면 아니라고 박박 우기는 그런 인간이다!

*

이러한 참패를 거듭하며 나는 점점 허세를 잘 숨기는 사람이 되기 위한 노력을 하게 되었다. 허세가 없어지면 정말 좋으련만 이것은 싹을 잘라도 자라나는 버섯 같은 것이라 싹도 자르고 숨기기도 하며 살아가야 겨우 앞서와 같은 상황들을 모면할 수 있을 것이다. 두 인터뷰 모두 어떻게 실렸는지 전혀 기억나지 않는다. 어이가 없었던 기자들이 에라 못 쓰겠다 하고 아예 안 써버렸거나, 너무 창피한 내가 인터뷰 사실을 기억에서 지우고 최대한 도망쳐 왔거나 했을 것이다.

허세 이야기는 무궁무진하다. 살아가다가 종종 가시처럼 툭 치고 올라와 내 얼굴을 붉어지게 한다. 평생 허세 이야기 주머니에 이야기가 산더미처럼 쌓이는 것은 아닐는지. 오늘도 자나 깨나 허세를 조심할 일이다.

병풍 광고

‖‖‖‖‖

"70만원을 준대."

교회 성가대 지인이 어느 회사에서 판소리 공연을 섭외
한다고, 엄마가 이야기해줬다. 공연료로 70만원을 준다는
말과 함께. 우와 70만원이라니. 스스로 돈을 벌어 학자금
대출이며 생활비를 충당해야 하는 대학생에게 참으로 벅
찬 단어였다. 70만원. 당장 친한 후배를 섭외했다. "함께
공연하자. 북 좀 잡아주라. 우리 돈 벌러 가자." "네, 누나.
좋지요. 갑시다!"

공연 당일 학교에서부터 후배와 함께 한복과 북을 싸들
고 택시로 이동했다. 돈도 벌고 소리도 선보일 좋은 기회
다. 기분이 너무 좋았다. 오버하지 않으려고 제멋대로 흥
분한 양손가락을 깍지 껴서 한복 가방 위에 차분히 올려
놓고 이동했다. 70만원 벌 거니까 택시 타도 되지? 암은,

얼마든지.

주소대로 도착한 곳은 도심 한가운데 높이 서 있는 빌딩이었다. 이렇게 높은 건물에 공연장이 있구나. 7층에 있는 공연장이라, 대체 어떻게 생긴 곳일까? 관객은 몇명일까? 극장은 어떤 분위기일까?

엘리베이터를 타고 7층에 도착하니 각자의 역할로 분주한 이들이 눈에 들어왔다.

"이자람씨? 이쪽으로 오세요."

"아, 네."

도착 즉시 누군가 나를 메이크업 의자로 안내했다. 긴장된 얼굴에 분칠을 받으며 눈알을 이리저리 굴렸다. 앞에 멀찍이 놓인 큐시트 속 글자들을 읽고 싶었으나 분장 선생님의 바쁜 손길을 넘어서 그것을 당겨 보기는 뭔가 미안한 마음이 들었다. 담당자가 누구인지, 나를 섭외했다는 교회 성가대 지인도 여길 오는 건지, 누구와 공연에 대한 이야기를 할 수 있는 건지, 궁금한 것이 많았는데 분주히 오가는 사람 중에 물어볼 만한 사람이 뵈지를 않았다. 실례를 무릅쓰고 큐시트를 당겨 왔다.

음, 여기 쓰인 이 부분은 뭘 의미하는 걸까? 그래서 몇 시에 공연을 하게 되고 무대는 어느 쪽이지? 시간이 되어 가니 관객도 입장을 했을 텐데 관객은 다른 통로로 출입

하는 건가? 준비한 대목은 10분 정도인데 만약을 대비해 준비를 좀더 해야 할까? 다른 출연자는 누가 있을까? 전체적인 공연의 콘셉트가 뭐지?

"자, 이제 옷 갈아입으시면 돼요."

누군가 나를 의상 갈아입는 곳으로 안내한다. 한복을 갈아입으러 가는데 드디어 담당자로 보이는 사람이 눈에 띄었다.

"저기, 안녕하세요. 오늘 공연할…"

"예예, 안녕하세요."

"오늘 이게 무슨 공연인가요? 저희가 공연할 무대는 어디예요?"

질문을 받은 직원이 나를 끌고 공연할 곳을 보여준다.

"자, 저기가 공연하실 곳이고요. 6시에 정확히 숏이 들어가니까 이제 7분 남았네요. 준비를 좀 서둘러주셔야겠어요."

"관객은요?"

"아, 이거 관객 있는 공연이 아니고요. 저기서 소리하고 계시면 이쪽 판매대에서 병풍을 파는 거예요. 홈쇼핑 아시죠? 실시간으로 병풍이 팔리는 거예요. 카메라가 자람씨를 찍다가 판매대로 넘어갔다가 이렇게 화면이 이동하면서 진행될 건데 자람씨는 신경 쓰지 마시고 쭉 소리하시면 됩니다. 이제 5분 남았네요. 옷 갈아입고 오세요."

옷을 갈아입던 그 좁고 푸석한 공간이 생각난다. 천으로 가려진 그 작은 공간에서 오징어 냄새(한복에서는 늘 마른 오징어 냄새가 난다. 천이 나염될 때 쓰이는 염료 때문인지, 공장에서 오징어를 함께 취급하는지 모를 일이다)를 풍기는 한복 속치마를 입고 한복 치마저고리의 끈을 뒤로 돌려 오른쪽 겨드랑이 아래로 빼는 손이 자꾸 제 할 일을 잃고 허공에서 헛손짓을 했다. 밖에서는 긴장감 가득한 목소리들이 여기저기서 고함치고 있었고 후배는 옷을 다 입고 카메라 앞에 북을 놓고 앉아 나를 기다리고 있었다. 가까스로 한복 옷고름을 바르게 매고 병풍 앞에 섰을 땐 이제 생방송이 1분 남짓 남았다며 시계가 시끄럽게 모습을 바꾸고 있었다.

척, 쿵.

후배의 시작을 알리는 북소리가 들렸다. 헌데 입술이 차마 떨어지지 않는다.

척, 쿵.

당황한 후배가 한번 더 시작을 알린다. 허나 내 입술은 소리를 하고 싶어하지 않는다.

속아서 그러는 거니? 자존심이 상하는 거니? 하겠니, 못하겠니? 70만원보다 중요한 무언가가 할퀴어지고 있는데 그게 뭘까. 도망가고 싶니? 그래도 될까? 후배는 어떻게 하지? 이해해줄 거야. 그도 소리꾼이니까. 그보다 지금 이렇게 내 속이 할퀴어지게 내버려두면 아마도 두고두고 후회할 거 같아, 그치? 응. 그래. 그러자.

"죄송합니다. 저는 여기서 소리 못하겠습니다."

마치 그 이야기만 기다렸다는 듯 내 몸은 곧바로 그곳을 빠져나왔다. 머릿속이 하얗게 된 채로 다시 좁은 천 안으로 들어가 매우 빠른 속도로 오징어 냄새 나는 한복을 착착 접어 박스에 넣고 곱게 분장된 얼굴과 땋은 머리를 한 채 건물 밖으로 뛰듯이 나왔다. 후배는 아무 말 없이 북을 챙겨 들고 나를 쫓아 나왔다.

"미안해. 못하겠더라."

울음이 터져서 더이상은 구구절절 후배에게 사과할 수 없었다.

"우리 학교에서 보자. 정말 미안해."

걸었다. 얼굴과 머리를 춘향이처럼 단장한 웬 사복 차림의 새내기가 한손에 한복 가방을 들고 도심 가로수길을 엉엉 울며 걸었다. 지금 이 서러움이 어떠한 서러움인지 알아내야 그 마음을 달래줄 수 있기에 참 오래도록 울며 걸었다. 눈물이 다 빠져나와서 이제는 거리의 사람들 시선이 신경 쓰일 즈음, 내 마음이 조금씩 힘을 내기 시작했다.

공연했으면 지금보다 훨씬 더 창피했을 거야. 두고두고 후회했을걸. 홈쇼핑 그거 텔레비전에 나올 때마다 죽고 싶었을 거야. 빨리 집에 가서 엄마한테 화를 내야지. 소리 지를 거야. 교회에 그 얼굴도 모르는 지인 놈한테 화내고 싶다. 상식도 없는 것들. 남이 어떤 신념이 있든지 말든지 관심은 하나도 없고 그저 사용하려고만 드는 인간들. 앞으로는 절대로 액수만 확인하지 않을 거야. 극장도 관객도 확인해야지. 그래, 그래도 하나 배웠네. 그거면 됐어. 그치? 입술아 진짜 고맙다. 나는 웬만하면 하려고 했는데 네가 막아줬어. 진짜 할 뻔했지 뭐야.

그래, 오늘 나는 70만원에게 지지 않았어. 괜찮아.

그래, 나는 오늘 70만원에게 이겼어. 그거면 된 거야.

눈물 자국에 잔뜩 터버린 얼굴로 할 수 있는 한 최대치로 자세를 곧추세워 도심을 가로질렀다. 없는 돈이었지만 택시를 잡아탔다. 택시 뒷자리에 앉아 할 수 있는 가장 우아한 표정을 지으며 깍지 낀 손을 한복 가방 위에 놓은 채 창밖을 바라보았다. 노을이 지기 시작한 서울 풍경이 오늘은 너무 얄미워서 침이라도 뱉고 싶었다.

말

|||||||

내 입에서 나온 말들은 나를 만들어간다.

"당신이 원하는 거 내가 해줄게!"

라고 내뱉으면 나는 그것을 꼭 해내고 싶어진다. 그 마음이 동력을 만들어 원하는 결과물까지 도달하는 힘이 된다. 이 말을 가장 많이 내뱉을 때는 나의 신작을 만들 때다. 연출과 드라마터그가 "여기 대본 이 부분에 이런 씬이 필요할 것 같아요"라고 말하면 나는 꼭 이 말을 내뱉는다. 비단 내 작업뿐 아니라 외부에서 의뢰가 들어온 작업을 할 때도 난 나의 동력을 위해서, 그리고 정말로 해내기 위해서 이 말을 자주 내뱉는다.

이보다 더 자주 내뱉는 말이 있다.

"아, 진짜 너무 맛있다!"

음식 앞에서 이 말로 감탄을 연발하다보면 먹을수록 내

가 먹는 이 음식이 더욱 맛있는 기분이 들어 식사를 마칠 때까지 계속 '진짜 너무 맛있는 상태'로 음식을 즐기게 된다. 정말 많이 하는 말 중에 하나다. 그래서인지 나는 먹는 것을 너무 좋아한다. 두리안 빼고 웬만한 모든 것이 너무도 맛있다. 맛있으면, 기분도 참 좋다.

"괜찮아, 자람."

자주 내뱉는 말 중 단연코 으뜸인 말이다. 이 말은 주로 집에서 한다. 하루에 적어도 열번은 되뇌는 듯하다. 어떤 때는 한꺼번에 열번 넘게 내리 내뱉기도 한다. 변기에 앉아서, 샤워를 하다가, 잠들기 전 이불 속에서, 옷을 갈아입다가, 전화를 하기 전, 전화를 끊은 후, 그냥 가만히 있다가도. 아, 정말 셀 수 없이 많이 말한다. 괜찮다. 조금 아쉬워도 괜찮고 상대방이 설령 오해했어도 괜찮다. 회의에서 내 스스로가 원하는 만큼 멋지지 못했어도 괜찮고 오늘의 공연이 생각보다 집중이 안되었어도 괜찮다. 사람들 앞에서 말을 잘해내지 못했어도 괜찮고 트위터에서 센스 있는 대답을 달지 못했어도 괜찮다. 괜찮지 않을 것이 없다. 무사히 내 한 몸 저 세상 속에서 잘 버텨내고 안전한 집에 들어왔다. 그러니 괜찮다, 다 괜찮다.

남이 내뱉은 말 중에 내 것으로 하고 싶은 말들도 나를 만든다. 지금도 귓가에 종종 들리는 두 사람의 목소리가 있다.

"자람이는 허언을 하지 않는 사람이니까."

"자람씨 말이니까 정말 중요한 상황이 맞겠지요."

이 두 문장이자 목소리는 나를 점점 거짓말로부터 멀어지게 만드는 데 엄청난 영향을 끼쳤다.

사람이 어떻게 거짓말 없이 세상을 살 수 있겠나. 적당한 깊이의 거짓말을 할 줄 알아야 상대방의 기분을 헤아리며 거절을 잘할 수도 있고, 필요한 때는 마음에 없는 소리로 상대의 기분을 맞춰주기도 해야 한다. 허나 놀랍게도 마음에 없는 소리를 아끼다보니 때를 가려가며 하는 기술이 생겼다.

굳이 밥 안 먹을 건데 '나중에 밥 한번 먹읍시다'라고 안 해도 되는 거였다. 순간을 모면하려고, 혹은 좋은 사람이 되려고 순간적인 오버를 안 해도 되는 거였다. 괜히 큰 소리로 웃을 필요도 없는 거였다. 웃고 싶을 때 웃으면 되는 거고, 기분이 좋지 않으면 "실례합니다. 기분이 좀 다운돼서요"라고 말해도 되는 거였다. 그러다보니 "꼭 다시 만나서 차 마셔요"라는 말은 고마운 사람이나 아끼는 사람에게만 내뱉는 소중한 말이 되었고 점점 누군가와의 만남이 귀해졌다.

말값을 지키려 하다보면 순간순간의 작은 약속과 지나

가는 말들에도 주의를 기울이게 된다. 그렇게 넓게 퍼져 있던 얕은 관계는 점점 좁아지고 그 깊이는 서서히 깊어졌다.

남이 내게 해준 마음에 드는 말은, 나를 그 말 속의 나와 가까워지도록 노력하게 한다.

말은 그래서 무겁다. 말은 어렵다. 세상에 나온 모든 말들이 어떤 생명력을 가지고 이 세상에 영향을 끼친다. 한마디 말을 내뱉었을 때 그것의 반대, 그것의 오류, 그것의 맥락, 그것의 모순이 함께 따라온다. 세상 어디에도 완전한 문장이란 존재할 수 없고 완전한 참이란 불가능하다. 우리는 그러한 말들로 인연을 맺고 살아간다. 불완전한 말들 사이에서 흔들리는 서로를 기다려주거나 안아주면서. 그래, 미운 말들 열번 떠오를 때마다 아름다운 말을 한번 되뇌도록 해보자. 내뱉는다고 상황이 달라질 건 없지만 세상에 영향을 끼치게 된다면 차라리 좋은 걸 내뱉는 게 낫다.

거절

'''''''''

거절을 받았을 때 거절을 '당했다'라는 표현 말고는 없을까? 거절이 비단 나쁜 일만은 아닐 텐데, 거절이라는 단어 뒤에는 항상 '당했다'가 와버리니 어쩌면 그래서 사람들은 거절을 '인생에서 없으면 좋을 것'으로 인식하게 되는지도 모르겠다. 거절은 그래서인지 참 어렵다. 나를 포함한 세상 모든 이가 '거절당하기는 싫고 거절을 잘하고 싶지만 막상 거절을 잘하기는 너무 어려운 것 같아' 보인다.

거절에 대해 큰 배움을 주었던 전화 통화가 있다.

어느 날 저녁 모르는 번호로부터 전화가 왔다. 받지 않았다. 모르는 번호니까. 뒤이어 문자가 왔다. 교수 임용에 관한 내용을 전달하려 전화를 했으니 어서 연락을 달라는 다급한 톤의 문자였다. 통화를 해보니 B대학의 교수였는데 지금 A대학 음대의 학과장 교수가 나와 통화를 하고 싶어한다는 내용이었다. '아니, 그럼 A대학 교수가 전화를 하면 될 것을 왜 굳이 B대학 교수가 전화를 한담' 하고 생각하며 B대학 교수에게 곧이어 올 전화를 받겠노라 다짐을 하고 끊었다.

사실 B대학 교수가 말해준 A대학 교수의 이름 석자를 들었을 때 엄청 반가웠다. 그는 내 대학 시절 노래패 동기들의 우상이었고 우리는 함께 모여 그의 앨범을 수도 없이 반복해서 들었다. 결국 그의 곡을 열심히 카피해 워크숍 공연에서 발표하기도 했던, 참으로 사랑하는 예술가였다. 고고하고 아름다운 곡들을 써내는 최고의 연주자. 그가 내게 전화를 한다는 소식에 반갑고 떨리는 마음으로 전화벨이 울리기를 기다렸다. 그리고 전화벨은 울렸다.

나 누구요. 이 선생의 이야기를 많이 들었소.

우리 학교 교수 지원을 받는 중인데 와서 수업을 맡고 교수직을 맡아주시오.

아, 국악과는 없지만 성악 하는 친구들에게 이 선생의 발성 등 가르쳐줄 것이 많을 것이라오.

아니, 그런 것은 와서 논의하면서 해나가면 되지.

수업은 오로지 보컬리스트들을 위한 것이오.

창작도 좋은데… 아, 그렇게 심도 있게 판소리를 할 수는 없고

그 접점이 있을 텐데 보컬리스트들이 이 선생의 방법을 좀 배우면 굉장히 도움이 될 거고

아, 그런 수업을 당장 개설할 수는 없지만 학교에 들어오면 점차 개편해나갈 수도 있고

생각해보고 자정 안으로 하겠다는 답을 주면

그러니까 생각을 좀 해보시고 이걸 하겠다는 답을 주면

어… 아, 그게 그렇게 어렵게 생각할 것이 아니고

오늘 안으로 하겠다는 답의 전화를 주는 것으로…

약 15분 정도의 전화 통화, 그 답답한 터널을 지나는 동안 반갑고 설렜던 마음은 마감 덜 된 시멘트 바닥처럼 까슬거리게 되었다. 그분의 말들은 스쿼시공 같았다. 테니스인 줄 알고 상대에게 반갑게 서브했더니 곧바로 벽을 맞고 튕겨져 되돌아오는 스쿼시공 말이다.

그 공들은 제안이 아니라 통보였다. 어째서 그것이 가능할까. 통보라는 것은 힘을 더 많이 가졌다고 착각하는 쪽에서 힘을 덜 가졌다 여기는 쪽으로 하는 일인 경우가 많다. 더불어 어떠한 테두리 안에 함께 엮이어 있는 관계 사이에서 주로 발생한다. 나는 그분과 아무런 연고가 없

는데… 납득이 되지 않았다.

이유를 좀 생각해보았는데, 아마도 '교수직은 누구나 원하는 좋은 직업'이라는 전제 때문이 아닐까,라는 결론에 도달했다. 허점이 많은 전제다. 그 전제는 나의 정체성이나 탐구심을 고려한 적이 없는 데다가 나라는 인간의 특성에 대해 정보 전달을 해도 좀처럼 허용하거나 접수하지 않았다. 마치 '교수직을 거절하는 사람이 있을 리 없는 세상'에 사는 사람처럼. 내가 교수직을 원치 않는 상태여서 정말 다행이라고 생각했다. 그렇지 않았다면 그의 통보는 내게 위압적이었을 것이고 순식간에 그는 나에게 '어려운 윗사람'이라는 위치가 되었을 것이다.

하… 그의 음악은 정말 아름다운데.

이 정도면 거의 사기다. 속상한 일이었다. 되도록이면 아름다운 것들을 창작하는 사람들은 뇌도 말랑말랑하고 삶에 대한 태도도 아름답고 말씨도 다정하면 좋겠다는 바람은, 이상에 가까운 것이었다.

어디선가 본 기사가 생각났다. 인간은 권력을 취하는 순간부터 뇌가 점차 굳어진다는 내용의 기사였다. 훌륭한 인격으로 소문났던 사람조차 너무 오랜 시간 권좌에 앉아 있다보면 자신이 심판했던 죄를 어느새 바로 자기가 짓고 있는 것을, 살면서 여러번 목도해왔다. 우리의 뇌도 참 가

차 없다. 잘 살아내지 못하면 그만큼의 결과값을 도출시키니 말이다. 호락호락한 구석이 단 하나도 없다. 삶이라는 녀석은.

아마도 그 아름다운 음악가는 최고의 자리에 너무 오래 머물러 있었던 모양이다. 그래서 그 누구도 쉽사리 그의 말을 거부하거나 거절하지 못했을 것이다. 그러다보니 점점, 누군가가 자신에게 거부의 의사를 표현할 때 그것을 접수하고 수용하는 능력치가 확 줄어든 것이다. 참 안됐다. 자신의 재능과 기술로 인해 다른 소중한 기회들이 없어지다니 얼마나 불쌍한 일인가. 부디 그의 아름다운 음악이 마법처럼 그 자신을 다시 깨워내기를 바란다.

평생 되뇌야겠다고 생각했다. 거절을 잘 당하자. 거절을 잘하는 것이 중요한 만큼, 거절을 잘 당하는 것도 몹시, 매우, 많이, 중요하다. 이것을 까먹지 말아야겠다. 그러지 않으면 누군가의 말과 마음을 사정없이 튕겨내기만 하는 사람이 될 테니까.

나는 결국 그날이 지나기 전 다시 전화를 하여 가능한 짧고 정확한 문장으로 안 하겠다는 의사를 밝혔고 그는 다급히 전화를 끊었다.

*

이쯤에서 거절을 잘하는 방법, 그 프로세스를 적어볼까한다. 종종 거절이 난처한 상황에 처한 지인들에게 도움을 요청하는 전화를 받으니, 어쩌면 내가 거절의 달인일지도 모르지 않는가. 자, 일단 어떠한 제안이 들어오면 아래 질문들을 천천히 점검해보자.

이 일은 내게 흥미로운가?

이 일을 통해 성장할 수 있는가?

즐거울까? 즐거울 것 같은 느낌이라면, 정확히 무엇이 나를 즐겁게 할까?

나의 정체성과 방향을 알고 있는 사람이 섭외한 것인가?

다른 이가 아닌 내가 필요한 이유가 정확한가?

작업의 양과 내 일정들이 서로 감당 가능한 상태인가?

내 능력값을 금액으로 잘 매겨주고 있는가?

많은 시간 함께 일해나갈 사람이 나와 언어가 맞는가?

혹은 내게 지속적인 스트레스를 줄 것 같은가?

이상의 질문들을 지나오다보면 이미 당신의 마음속에 이 일을 수락할지 말지에 대한 답이 도출되어 있다. 그럼,

그걸 실행하면 된다. 되도록 정확하고 명료한 문장으로 말이다. "하겠습니다. 앞으로 잘 부탁드립니다."

그러나 혹 수락을 하고 싶은데 조건이 필요하다면 눈치 보지 말고 그냥 그걸 말하면 된다. "하고 싶습니다. 하지만 금액이 적습니다. 그 일을 하는 데 이러이러한 시간과 노력과 기술이 필요하고 그것에 대한 금액은 이 정도여야 가능합니다." "하고 싶습니다. 그러나 기간이 너무 짧습니다. 그것을 해내려면 이 정도의 기간이 주어져야 좋은 퀄리티의 결과물이 나옵니다." "하고 싶습니다. 헌데 저와 협업할 파트너에 대한 결정을 저와 함께 해주시기를 부탁드립니다."

거절이 필요할 때도 명료하게 하면 된다. "일정이 안 되어 할 수가 없습니다." "그 분야는 저보다 더 맞는 사람이 있을 것입니다." "지금의 저는 잠시 그 일을 멈춘 상태입니다."

여기서 명료함이 굉장히 중요하다. 어리바리하고 있다면 당신은 스스로의 욕망을 부끄러워하고 있다는 뜻이다. 욕망이 왜 부끄러운가? 원하는 것이 있는 만큼 내가 해낼 것인데. 일이라는 건, 내가 기분 좋게 해야 결과물도 좋을 것 아닌가?

하지만 저 위의 질문들을 던져도 아직 당신 마음을 모

르겠다면 당신은 사실 어떠한 욕망 앞에서 쭈뼛거리고 있는 것이다. 내가 좀 갈릴 것이 뻔하지만 일단 돈을 벌어야 한다거나, 막대한 스트레스는 뻔하지만 누군가와 일해보고 싶은 욕망이 그것을 모르는 척하게 한다거나, 당장 제대로 인정받는 것 같지 않아도 한줄이라도 프로필이 더 필요하거나 등등. 그래 맞다. 사는 건 만만치 않다. 이런 거지 같은 상황을 견뎌내야 하는 시간도 분명, 삶에서 요구하는 구간일지도 모른다.

그러나 우리, 지속적으로 스스로를 괴롭히지는 말자. 나를 살짝 갈아넣어서 살아도 별문제 없다가도 이제는 거절을 좀 잘해야겠다 싶을 때가 분명히 온다. 당신에게는 당신에게 걸맞은 존중이 있고 자격과 권리가 있다. 그걸 지켜주는 건 당신뿐이다. 당신이 스스로를 존중하기 시작하면, 어느새 타인도 당신을 함부로 하지 못하기 시작할 것이다. 우리, 스스로의 귀함을 잘 지켜내며 걸어가자.

거절에 있어서 솔직함은 참 중요한 힘이다. 솔직함은 믿음에서 출발한다. 귀를 열고 내 말을 들어줄 것이라는 믿음. 그래서 좋은 거절은 사람을 얻기도 한다. 상대를 믿고 그 존중 위에서 큰 힘을 써서 거짓 없이 거절해내는 기술이 필요하다. 그 기술이 있으면 우리는 잘 거절하면서 신뢰를 쌓을 수 있다. 거절하면서 솔직할 수 없는 상대라면, 내 말을 들어주지 않을 상대라면, 내 인생의 궤도 위에서도 함께할 수 없는 사람일 확률이 높다. 그럼 힘을 좀 덜 들이고 거절할 수 있다. 거절을 어려워하지 말자. 잘해내고 나면 남은 하루가 참 상쾌해지는 것이 거절이다.

*

누군가가 나에게 솔직한 거절을 해준다면 정말 감사히 거절을 당해야겠다. 그 사람은 나를 아끼기 때문에 서로의 관계에 흠집이 없기를 바라며 애를 써서 진심으로 거절을 해주는 것일 테다. 거절은 참 어렵다. 평생 어렵겠지. 우리 모두는 평생토록 늘 커다란 힘을 써가며 거절을 주고받을 것이다. 그러니 부단한 시간과 노력을 들여 거절을 주고받으면 좋겠지. 그냥 대충 해치우고 싶겠지만 정면 승부하며 애를 써서 얻어내야 하는 기술이다. 참 내, 소리 연습과 운동으로도 모자라 거절도 훈련을 요한다.

거절이라는 것을 수업 하나로 개설해서 잘 가르쳐주는 학교가 있다면 좋겠다. 우리 모두 거절의 기술을 제대로 배우고 졸업한다면 사회생활에 던져졌을 때 좀더 수월하게 스스로를 지켜낼 수 있을 텐데 말이다.

오늘도 거절을 해내기 어려워 꽤 긴 시간 두려움과 마

주했을 세상 모든 사람들이, 편안한 이불 속에서 단잠을
청하기를 바란다.

더 베스트

||||||||

최고라는 말은 달콤하다.

마치 몹시 피곤할 때 확 당기는 초콜릿과 커피 같은 달콤함.

예솔이로 방송 활동을 하던 어린 시절, 꽃이 만개하듯 최고의 자리를 누리다가 소리 소문 없이 사라지는 사람들을 가까이에서 종종 볼 수 있었다. 방송국 복도를 마치 그 복도의 주인인 양 떠들썩하게 누비던 사람들이 어느새 하나둘 사라지는 일들. 그러한 일들에는 패턴이 있었다. 최고라는 달콤한 찬사의 맛을 알아버린 후 오로지 그 맛을 좇다가 더이상 그것을 해내지 못하는 순간부터 급속도로 추락하는 패턴. 판소리라는 예술을 시작한 후에도 볼 수 있었다. 자자한 명성과 신화 속 사람들이 스스로의 욕심으로 팽팽하게 치닫다가 우연한 사건으로 도미노처럼 그

삶이 와르르 무너지는 일들.

우리는 어쩌면 '나의 최고의 순간'을 기다리는 사람들일 것이다. 그 순간을 위해 공부를 하고 연습을 하고 인내하는 것이다. 그런데 말이다, 최고의 순간은 과연 어느 때일까? 나는 도대체 왜 최고의 순간을 기다렸고, 과연 그 순간은 어떤 순간일까? 무엇을 경험하면 비로소 '지금이다! 지금 나는 최고다!'라고 감각하게 될까? 어린 시절의 나는 최고가 되면 그후로는 전부 괜찮을 거라 생각했다. 미움도 해결되고 기쁨은 배가 되고 모든 것을 다 아는 혜안도 가지게 될 줄 알았다. 그러나 최고가 정확히 무엇인지는 모르겠으나 앞서 말한 일종의 지혜와는 종류가 전혀 다른 것이다. 그렇다면 최고가 되어서 뭘 하고 싶었던 걸까 생각해보니 그저 가능한 많은 수의 남에게 최고라는 인정을 받고 싶었다. 내 안이 아니라 바깥의 사람들로부터 인정받는 것, 그것이면 되는 것이었다. 왜였을까? 누구에게 인정받고 싶었을까? 사람들이라는 막연한 대상을 왜 나 자신보다 더 중요하다고 생각했을까?

이쯤에서 여러분의 뒤통수를 살짝 치겠다.

나는 자주, '나는 최고다'라고 생각한다.

스스로에게 부끄럽지 않을 정도의 훈련으로 몸을 다스리고, 모자라다 싶기 직전에 연습량을 채워가며 살아간다. 책을 너무 안 읽었다 싶을 때는 책을 꺼내 들며, 되도록 매일 만족스런 식사를 차려 먹는다. 하루를 잘 보내고 나면 단잠을 자고 아침에 일어나면 강아지 밥을 챙긴 후 함께 산책을 한다. 삶이 이런데 최고가 아니기 힘들지 않은가. 누구누구들을 제치고 더 유명해서, 돈을 잘 벌어서, 팔로워가 많아서 최고가 아니라 나는 나에게 최고라는 말이다. 이보다 더 좋은 건 뭘까?

　에이, 솔직하라고? 사실 공연계에서 최고라는 말 많이 들어서 그런 거 아니냐고? 그래, 인정한다. 일 이야기로 하자면 또 할 말이 있다. 그렇다, 공연이나 작업물을 만들면 마음속 깊은 곳에서는 항상 최고라는 평을 기대한다. 단 한마디라도 그 평을 봐야만 비로소 마음이 놓인다. 예술 하는 학도로 성장해온 나는 나를 주눅 들게 했던 많은 말들 사이에서 최고라는 목표를 설정해 정신없이 달리며 버텼다. 두고 봐, 최고가 되면 지금 이 수모를 갚아줘야지, 라고 생각하며 말이다. 우습게도 그 수많은 수모들은 내 기억 저편 어딘가에 거름이 되어 흔적조차 남지 않았다. 그리고 내게 남은 건 습관적으로 최고만을 갈망하는 아주 오만하고 어리석고 초라한 마음 조각이었다. 늘 최고라고 칭찬받고 싶은 마음. 이 무슨 괴물 같은 마음인가. 그 마음은 얼마나 못났으며, 실체 없이 얼마나 강퍅한가.

최고의 소리꾼, 최고의 작창가, 최고의 이야기꾼. 사람들이 말하는 나다. 최고라는 말을 많이 들으면 어느새 누가 이 자리를 치고 올라올까 두려워하는 마음이 생긴다. 그러나 가만히 생각해보자. 최고의 자리가 무슨 왕좌처럼 떡하니 실체가 있는 것이 아니다. 굉장히 주관적이고 실체 없는 것이다. 최고는 비교급이기 때문에 '누구보다 누구보다 더 낫다'라는 것인데, 이게 무슨 스포츠도 아니고 기술점수가 항목마다 있는 것도 아니기에 애당초 공연예술에서 최고라는 것은 존재하지 않는다. 티켓 판매량이나 예매 속도 같은 기준이 있지만 그 또한 절대적인 척도가 될 수 없다. 그것이 기준이 되어버리는 순간 모든 예술은 비슷비슷한 자극과 비슷비슷한 타협의 길 위에서 만날 것이다. 남이 말하는 최고는 실체가 없다. 어느 관객의 마음속에 각 분야 최고의 자리가 있을지언정 내 엉덩이가 비비고 앉을 최고의 자리라는 건 처음부터 아예 실체가 없는 것이다.

그럼 어떻게 최고가 될 수 있는가? 최고가 되어야 하는가? 어디서? 누구보다? 왜?

또 한번 이야기해야겠다.

나는 최고다.

나는 나에게 최고다.

최고라고 자꾸 말하면 이 단어는 힘을 잃고 부서지기 시작한다. 최고라는 건 사실 아무것도 아니다. 최고가 비교급이 아닐 때 우리는 최고라는 말을 행복하게 누릴 수 있다. 최고라는 말은 칭찬의 가면을 쓴 부담이다. 그 말값을 생각해본 적 없이 내뱉는 "최고야!"라는 말은 참으로 허망하다. 어쩌면 상대에게 영향을 끼치고 싶을 때 튀어나오는 말일지도 모른다. 최고라는 말을 들으면 자칫 "지금 너 최고니까 계속 노력해!"라고 접수할 수 있기 때문이다.

생각해보니 이 말은, 내가 아닌 남에게 할 때 참 조심해야 하는 말이다. 그냥 아예 안 하면 좋을지도 모르겠다. 무언가의 가치와 소중함을 말할 때 오로지 그것만을 말할 수 있는 우아한 화법이 우리에게 필요하다.

그래서, 판소리가 뭐길래?

||||||||

당신에게 판소리를 왜 봐야 하는지 말하기는 사실 좀 민망하다. 당신은 지인에게 '낯설고 새롭지만 맛있는 음식'을 권할 때 뭐라고 하는가? 나는 주로 이렇게 말한다.

"이 음식 진짜 맛있어. 진짜 딱 한번만 먹어봐. 전혀 다른 세계라니까! 안 맞을 수도 있겠지만 너 토마토 좋아하잖아? 그럼 이것도 진짜 좋아할걸? 눈 딱 감고 먹어봐."

판소리를 모르는 이에게 판소리 공연 관람을 권하는 일은 마치 비빔냉면만을 좋아하고 평양냉면은 거들떠도 본 적 없는 친구에게 평양냉면을 권하는 일과 아주 비슷하다. 달고 짜고 매운 맛은 싹 거둬져서 첫술에는 아무것도 없다고 느낄지언정 몇 젓가락 떠먹다보면 어느새 메밀면의 슴슴함 사이로 느껴지는 깊은 국물 맛. 그것이 내게는 평양냉면이다. 내가 평양냉면을 권한 사람 중 열에 아홉은 이젠 나보다도 더한 평양냉면 마니아들이 되었다.

내가 느끼기에 판소리의 맛은 평양냉면의 맛과 닮았다. 평소 우리 귀에 익숙한 사운드와는 거리가 아주 먼, 생소한 발성과 언어와 화법이지만 조금만 시간과 집중력을 써서 보면 어느새 낯선 것을 접수하는 감각이 생긴다. 그다음부터는 당신이 공연자와 적극적으로 협업해 이야기를 상상하게 된다. 관람 후에는 알 수 없는 시원함과 함께 공연장을 나서게 하는 현장예술. 직접 맛을 한번 보는 시도를 해야만 "엥, 이게 무슨 맛이야. 아무 맛도 안 나잖아" 하다가, "어라? 조금 알겠는데? 뭔가 맛이 있어!" 하게 되고, 언젠가는 살다가 "엇, 말도 안 돼. 나 그거 다시 겪고 싶어" 하게 되는 일이란 말이다. 헌데 이런 음식을 권할 때 감수해야 하는 것은 그 순간이다. 바로 "엥, 이거 아무것도 없잖아 이게 무슨 맛이야"의 순간. 낯설음이 용해되기 위해 필요한 시간. 평양냉면도 견뎌야 하고 그것을 시도하는 이도 견뎌줘야 하는 시간 말이다.

*

왜 그 고생을 하면서까지 열심히 판소리를 하느냐고 친구가 물었다. 단박에 내 입에서 나온 말은 "내가 그걸 어떻게 알아"였다.

　대학원생 시절, 앞길이 막막해 판소리 인간문화재 집안의 자제에게 상담을 했다. 그는 이렇게 말했다. "전통 판소리는 내가 할게. 너는 창작이나 퓨전 해. 그게 어울려." 그 말에 일주일간 전통 판소리는 내 것이 아니구나 생각하며 지내보았지만 시도 때도 없이 가슴이 쿡쿡 아팠다. 길을 걷다가 왈칵 눈물이 나서 지하철역 입구에서 울음을 정리하느라 시간을 보내야 했다. 그때 알아차렸다. 나는 전통 판소리를 꽤나 좋아하는 사람이다. 없으면 힘들 만큼.

　「억척가」와 「노인과 바다」 사이에 판소리 연습을 그만두었던 3년간 진심은 아니었을 테지만 잠깐 이런저런 상상들을 했었다. 글 쓰는 연습을 많이 해서 작가가 되거나 빵 굽는 기술을 배워 열심히 훈련해서 빵집을 하는 삶은 어떨까. 이전보다 좀더 편안하게 삶을 일구어갈 수 있을까? 아냐, 그 또한 엄청 어렵겠지? 역시 쉬운 것은 아무것도 없겠지? 그렇게 타인의 직업을 흠모하고 내 것인 양 적극적으로 상상해보다가도 국립창극단 연습에서 소리하는 배우들을 보면 어김없이 심장이 널을 뛰었다. 고향에 돌아온 하룻강아지처럼 마음에 고삐가 풀리는 감각.

　판소리를 왜 하느냐고 물으면 내 마음에선 촌스러운 답

변만 나온다.

좋아한다.

판소리를 정말 많이 좋아한다.

매번 다르고 이제는 좀 알 것 같다가도 돌연 하나도 모르는 기분이 들어 짜증이 나는 게 판소리다. 내 마음대로 되지 않아 정말 지긋지긋하지만 결국 다시 돌아가 마음을 다잡게 하는, 늘 새로이 시작하는 것이 판소리다. 언제나 돌아갈 곳이고, 디디고 선 곳이며, 내게 영양분을 공급하고 있는 땅이다. 한번도 입 밖으로 내어본 적 없지만 사실 나는 뼛속까지 판소리꾼이다.

에필로그

나의 세계를 넓혀준 수많은 사람들을 떠올린다.

우연과 필연으로 마주했던 수많은 마음들이 있었다.

생은 어느 날 어느 시에 진 빚을 다른 곳 다른 시간에서 갚아가는 거라고

어느 어른이 했던 말을 기억한다.

그 말은 종종 조급해지려는 나를 다독여준다.

신기한 도움과 응원들이

순간순간 무너지려는 나를 일으켜 세워왔다.

당장 내가 갚을 수 없는 수많은 은혜들을

언젠가 나도 다른 곳으로 잘 흘려 전해주기를 바라며 가슴에 품어왔다.

그러니 어느 한순간도 허투루 하기는 참 어렵다.

나의 작은 손짓 하나 작은 선택 하나가

훗날 어떠한 나비효과로 이 세상에 영향을 끼치고 있을지 알 수 없기에

눈앞의 것을 모르는 척하기보다

조심스럽고 차분한 걸음으로 정확히 바라보며 걸어가기를 스스로에게 바란다.

수천년의 흐름 속에 잠깐 빛나고 사라지는 별똥별과 같은 생이지만

가능한 아름답게 빛나며 하늘 한구석에 그어지고 싶다.

우리 모두의 색이 그렇게 잠시 잠깐 하늘에 그어지는 것이니

이렇다 저렇다 해도

생의 모음은 아름다울 수밖에 없다.

오늘도 하찮은 마음을 잘 달래며

밥을 지어 먹을 것이다.

다들 맛있는 하루를 보내면 참 좋겠다.

오늘도 자람

초판 1쇄 발행／2022년 4월 15일

지은이／이자람
펴낸이／강일우
책임편집／최지수 홍지연
조판／신혜원
펴낸곳／(주)창비
등록／1986년 8월 5일 제85호
주소／10881 경기도 파주시 회동길 184
전화／031-955-3333
팩스／영업 031-955-3399
　　　편집 031-955-3400
홈페이지／www.changbi.com
전자우편／human@changbi.com

ⓒ 이자람 2022
ISBN 978-89-364-7907-7 03810